시
처
럼
쓰
는
법

나의 일상을 짧아도 감각적으로

시처럼 쓰는 법

재클린 서스킨 지음 ㅣ 지소강 옮김

indıgo
Story and mate

생을 마칠 때 이렇게 말하고 싶다.
나는 한평생 경이로움과 결혼한 신부였다고.

_메리 올리버

일러두기

책에 실린 시들은 모두 재클린 서스킨의 작품이다. 이 중 타자기로 쓰여진 것들은 그녀가 3분 미만의 시간 안에 즉흥적으로 창작한 시들이다.

PROLOGUE

시가 되는 매일

나는 일찍이 배웠던 일을 계속하고 있는데,

바로 사소한 아름다움에 주목하는 일이다.

_ 샤론 올즈

　지루하게 반복되는 일상 속에서 경이로움을 찾아낼 수 있다면 우리의 삶은 어떻게 달라질까? 눈길 닿는 모든 곳에서 영감을 발견할 수 있다면 살아 있음의 기쁨을 온전히 누릴 수 있을까?

　이 모든 것들이 시가 우리에게 하는 일이다. 물론 시가 모든 잔혹함을 한순간에 사라지게 하는 마술 지팡이는 아니다.

　하지만 그림자 속에 숨겨진 아름다움을 표면 위로 드러내 우리가 아름다움을 볼 수 있도록 도와준다. 시는 고통스러울 때조차 살아 있는 모든 순간이 얼마나 놀라운 선물인지 상기시켜 주는 안내자이자, 선생님이다.

나는 글을 쓰는 방법을 제대로 배우기 전부터 언제나 시인이었다. 늘 수수께끼 같은 구절들로 공책을 가득 채웠고, 그것이 내가 경험을 처리하는 방식이었다. 결국 시를 전공해 학위도 받았다. 2009년부터 2019년까지는 내가 기획한 프로젝트인 포엠 스토어Poem Store가 나의 직업이었고, 그 덕분에 낯선 사람들에게 4만 점 이상의 시를 써 주는 경험을 할 수 있었다. 나는 공공 행사장, 혹은 개인 행사장에 타자기를 설치하고 고객들을 위해 시를 썼다. 고객들은 시의 주제와 가격을 스스로 선택할 수 있었는데, 고객들이 원하는 주제를 얘기하면 나는 그 자리에서 시를 써 내려갔고 그들은 세상에 하나뿐인 그 시를 얼마와 교환할지 결정했다.

이 프로젝트를 하면서 이전에는 꿈도 꾸지 못했던 방식으로 인간의 본성을 탐험하는 기회를 얻을 수 있었다. 나는 인간 내면의 가장 깊숙한 비밀을 들었고, 사랑과 성취에 관한 놀라운 표현에 귀를 기울였으며, 극심한 혼란과 아름다운 경외감을 만났다. 모두 시를 통해서만 할 수 있는 것들이었다. 고객들이 종이 위에 기록된 자기 자신을 바라볼 때면 뭔가 특별한 일이 벌어지곤 했다. 내 글은 그의 모습을 반영한 것이었고, 그가 깊이 이해받은 순간을 담고 있었기 때문에 고객들은 누군가 자신의 이야기를 듣고, 보았으므로 자신은 더는 혼자가 아니라는 사실을 증명받은 셈이었다. 이 작업은 사람들을 치유하고 변화시키는 힘이 있었고, 덕분에 전업 시인으로 먹고사는 일이 가능해졌다. 내 작업이 사람들의 마음속에 있는, 이해받기를 갈망하는 공간을 채워주었던 것이다.

스스로 깨닫지 못했을 뿐 우리는 일상적으로 시 쓰기 연습을 하고 있다. 하고 싶은 말을 문자 메시지로 주고받고, 인터넷 기사에 댓글을 달고, SNS에 짧은 문장으로 일상을 공유한다. 응축된 언어로 소통하는 이 모든 행위들이 시와 맞닿아 있다.

당신은 영감의 순간을 끄적거리고, 감미로운 감정에 언어를 부여하고, 펜과 종이를 이용해 자신의 분노, 기쁨, 흥분을 표출하는 시인이 될 수 있다. 시는 우리가 집중하고 각성할 수 있게 돕는다. 겉으로 드러나는 것 너머에서 누군가 발견해주기를 기다리고 있는 숨겨진 진실들을 볼 수 있도록 눈을 열어준다.

그런 의미에서 나는 마음이 힘든 날에도 거리를 걸으며 세상의 위대함을 느끼고 감사할 수 있다. 사는 게 힘들 때면 즉시 고난 속에 얽힌 의미를 찾는다. 그러면 문제가 나의 선생님이 된다. 라디오에서 흘러나오는 뉴스에 지나치게 감정이입이 될 때면 나도 모르게 보다 큰 그림을 찾고 있는 내 모습을 발견하곤 한다. 인류에게는 아직 기회가 있고, 소망은 우리 모두가 품고 있는 밝은 빛이며, 시인으로서 내가 가진 솜씨로 그 불빛을 보살필 수 있다고 믿을 수 있도록 도와주는 것들 말이다.

나는 이 책에서 시 쓰기 실습부터 영감을 얻고 표현하는 과정에 이르기까지, 내가 좋아하는 시의 여러 가지를 소개하고자 한다. 더불어 힘겹고 벅찬 생활 속에서도 숭고함과 의미를 엮어내는 사고방식을 창조할 수 있음을 모두와 나누고 싶다. 또한 시를 이용해 명료함을 찾고 위안을 얻는 방법을 제안할 것이다. 이는 자세히 들여다보는 습관을 필요로 한다. 관찰하는 습관은 사소한 대상에 호기심의 불을 붙이고, 찰나를 포착해 글로 남길 수 있게 도와준다.

처음부터 끝까지 내가 안내하는 순서대로 읽어도 좋고, 아니면 책을 죽 훑어본 뒤 몇 가지 예제나 흥미를 자극하는 부분부터 읽기 시작해도 된다. 당신은 기억을 분석하고 과거의 중요한 순간들을 되짚어보는 부분이 마음에 들 수도 있고, 혹은 자신의 감각을 활용하는 부분부터 시작하고 싶을지도 모른다. 모든 순간, 경외감에 집중하는 것이 어떤 기분인지 느껴보기 바란다. 사랑하는 사람을 잃고 느끼는 깊은 슬픔부터 상처 입은 마음을 치유하는데 이르기까지, 시는 삶의 크고 작은 순간들 속에서 느끼는 감정을 이해하고 섬세하게 살펴볼 수 있는 유용한 도구이다.

우리는 불확실성의 시대를 살고 있다. 시가 그 잔혹함을 사라지게 할 수는 없을 것이다. 하지만 시는 치유의 도구이자, 고통을 달래주는 진정제, 에너지의 분출구가 될 수 있다.

당신에게 모든 순간 시인이 될 수 있는 권한이 있음을 깨닫기 바란다. 당신은 충분히 의미 있는 목소리를 낼 가치를 가졌다. 당신의 삶이 스며든 생각들이 하나씩 펼쳐지는 시의 공간에서 당신은 이전보다 풍요로워진 자신을 만날 수 있을 것이다.

재클린 서스킨

차례

PROLOGUE
시가 되는 매일 / 7

LESSON 1　경외감을 발견하는 법

당신은 언제 어디서든지 경외감을 느낄 수 있다 / 23
경외감을 발견하는 연습 : 일상 속 경외감 깨우기 / 26
시처럼 쓰는 연습 : 경외감을 담아 글쓰기 / 31
시적 사고방식을 위한 TIP : 타인에 대한 호기심 갖기 / 35

LESSON 2　의미를 만드는 법

의미를 만드는 연습 : 아주 흔한 대상을 골라 의미 부여해 보기 / 43
시처럼 쓰는 연습 : 일상 속 신화를 창조해 보기 / 47
시적 사고방식을 위한 TIP : 삶 속에서 찾아낸 의미 다듬기 / 54

LESSON 3) 목적을 담아 삶을 쓰는 법

　목적을 탐구하는 연습 : 작가가 왜 글을 쓰는지 알아보기 / 62
　시처럼 쓰는 연습 : 한 걸음 더 나아가 생각해 보기 / 66
　시적 사고방식을 위한 TIP : 나의 목적과 연결된 일상 보내기 / 75

LESSON 4) 나만의 언어로 생각을 공유하는 법

　공유하는 연습 : 작품 낭송하고 공유해 보기 / 85
　시처럼 쓰는 연습 : 작품의 공유를 위한 편집 방법 / 88
　시적 사고방식을 위한 TIP : 쉬운 언어로 생각 전하는 연습하기 / 98

LESSON 5) 일상 속 감각을 깨우는 법

　감각을 활용하는 연습 : 일상 속 감각을 깊이 음미해 보기 / 107
　시처럼 쓰는 연습 : 한 가지 이상의 감각 적용해 보기 / 111
　시적 사고방식을 위한 TIP : 감각과 인식을 예리하게 연마할 것 / 114

(LESSON 6) **고통을 치유하는 글 쓰는 법**

고통을 활용하는 연습 : 고통의 근원 찾기 / 126

시처럼 쓰는 연습 : 치유의 시를 쓰는 방법 / 131

시적 사고방식을 위한 TIP : 고통은 성장을 위한 씨앗 / 137

(LESSON 7) **기억을 활용해서 글 쓰는 법**

기억을 활용하는 연습 : 자신이 했던 일들을 떠올리고 기록하기 / 146

시처럼 쓰는 연습 : 나만의 연표 만들기 / 157

시적 사고방식을 위한 TIP : 과거에 감사하는 법 배우기 / 160

(LESSON 8) **기쁨을 발견해 글 쓰는 법**

기쁨을 위한 연습 : 기쁨의 의식 만들기 / 167

시처럼 쓰는 연습 : 기쁨을 주는 대상에 대한 글쓰기 / 171

시적 사고방식을 위한 TIP : 어디서나 기쁨을 찾을 것 / 174

(LESSON 9) **글쓰기를 위한 안정감 찾는 법**

명료함과 안정감을 찾는 연습 / 181

시처럼 쓰는 연습 : 바라는 미래에 대해 써보기 / 196

시적 사고방식을 위한 TIP : 명료함을 불러오는 마음가짐 / 200

LESSON 10 글쓰기 리추얼 만드는 법

꾸준한 글쓰기를 위한 연습 / 205
시처럼 쓰는 연습 : 글쓰기 리추얼 만들기 / 210
시적 사고방식을 위한 TIP : 결과물에 대해 염려하지 말 것 / 214

EPILOGUE
우리는 시를 쓰기 위한 도구들을 가지고 있다 / 216

경외감을 발견하는 법

그러자 경외감이 갑자기 자기 범주를 벗어나

어떤 형태의 위안이 된다.

_드니스 레버토프

경외감

두려움과 경이로움이 뒤섞인

경건한 존경의 감정.

내 인생을 멀리서 축소하여 바라보면 모든 것에 경외 감을 갖게 된다. 단순히 인생의 소소한 요소들이 나를 감 탄하게 만드는 것은 아니다. 일상 속의 조그만 낟알이 불 가사의한 방식으로 우주의 거대한 구멍에 꼭 들어맞을 때 감탄이 터져 나오는 것이다. 이렇게 소소한 것과 거대한 것이 맞아떨어지는 경이로움이 시의 핵심이며, 언제 어디 서나 이를 연습할 수 있다.

나는 8년 전쯤 경외감이라는 단어와 사랑에 빠졌다. 그 사랑이 어떻게 시작됐는지는 잘 기억나지 않지만, 어느 순간 내게서 가장 친숙한 존재의 상태를 완벽하게 묘사하 는 그 세 글자가 나를 사로잡아버렸다.

사전에 나오는 경외감의 일반적인 정의는 '두려움과 경이로움이 뒤섞인 경건한 존경의 감정'이다. 나는 세상 을 마주할 때 수시로 '경건한 존경심'으로 충만해진다. 그 감정에 두려움도 포함되어 있다는 점이 마음에 든다. 내 가 인생의 위엄 앞에 두려워 떨기 때문이 아니라, 우리에 게 필연적으로 스며 있는 삶의 유한함이라는 그림자를 암 시하기 때문이다. 우리가 느끼는 경이로움은 현실의 덧없는 속성과 연결되어 있다.

언젠가는 모든 것이 사라진다는 사실을 상기할 때 삶 속에서 경외감을 찾을 수 있다. 삶이 우리에게 선사하는 모든 경험에 고통과 상실이 얽혀 있을지라도, 하나하나를 온전히 누리는 것이 얼마나 놀라운 축복인지 깨달을 수 있다.

당신은 언제 어디서든지
경외감을 느낄 수 있다

　모든 대상, 모든 상황을 깊은 존경심과 경외감을 갖고 대하려 노력한다면 소중한 순간을 놓치는 일은 없을 것이다. 경외감은 내가 두 눈을 크게 뜨고 세상을 마주할 수 있게 도와준다.

　내게는 인간을 이해하는 복잡한 과정이 날마다 새롭게 감탄을 자아내는 대상이고, 단조롭고 고된 일상을 벗어나게 해주는 기쁨과 즐거움의 원천이다.

　경외감이라는 단어는 '나는 무엇을 경외한다'처럼 동사로 활용할 수도 있다. 경외감은 역동적이기 때문이다. 그리고 내가 인간 존재의 덧없음을 받아들일 수밖에 없게 만든다. 또한 경외감은 바위틈에 숨겨진 가능성과 같아서 당신이 경외감을 느끼는 방식에 익숙해지기만 한다면 언제든 찾아낼 수 있고, 영원히 마르지 않는 샘물처럼 풍성하게 흘러나올 것이다.

당신이 언제 어디서든 풍성한 경외감을 느낄 수 있다면, 어떤 상황이 와도 헤쳐 나갈 힘을 얻을 수 있다. 경외감은 호기심을 잃지 않는 마음이다. 대상을 자세히 들여다보게 만들고, 인내심과 동정심, 관심과 호기심을 이끌어낸다. 인간의 영혼에는 끊임없이 뭔가에 매혹될 수 있는 능력이 잠재되어 있다. 우리는 삶의 이유를 묻기 위해 태어났으며, 자신만의 대답을 찾기 위해 이곳에 존재한다. 이것이 살아 있음의 의미다.

끔찍한 일에서도 경외감을 느낄 수 있을까? 경외감은 빛과 짝지어진 개념이 아니다. 우리는 어둠 속에서도 경외감을 느낄 수 있다. 뉴스를 보다가 공포에 질려 숨이 멎을 것 같은 기분을 느낀 적이 있다면, 그것 또한 경외감이다. 편안하고 즐거운 일뿐 아니라, 힘들고 벅찬 일도 놀라운 경험이다. 이런 놀라움은 이유와 방법을 끊임없이 질문하는 능력에서 비롯된다. 이 모든 것이 무엇을 의미하는 걸까? 어디서부터 시작됐을까? 자세히 들여다보고, 질문을 거듭함에 따라 우리의 서사는 계속 변화한다.

경외감과 경이로움은 우리가 뭔가에 더 깊이 파고들어, 더 많은 것을 발견하고, 더 많이 알고, 더 많이 공유하게 만든다. 우리 안에서 타오르고 있는 태양의 궤도를 돌다 보면 확실한 것은 아무것도 없다는 사실을 깨닫게 된다. 그리고 이 거대한 미스터리에 계속 흥미를 잃지 않게 해주는 것이 바로 경외감이다.

경외감을 발견하는 연습
: 일상 속 경외감 깨우기

눈을 떴을 때 제일 먼저 눈에 들어오는 것이 무엇인가? 거리의 표지판인가? 나무인가? 사랑하는 사람의 사진인가? 아니면 샌드위치인가? 그것이 무엇이든 맨 먼저 보이는 대상에 경외하는 마음을 가져보기 바란다.

우리 안에 있는 경외감을 어떻게 깨울 수 있을까? 누가, 무엇을, 왜, 어디서, 언제, 어떻게 했는지 스스로 질문해 보는 것부터 시작하자.

거리 표지판은 누가 만들었을까? 누가 맨 먼저 표지판에 손을 댔고, 저런 형태로 자른 것은 누구이며, 누가 디자인했으며, 표지판의 의미를 결정한 사람은 누구일까? 나무의 종류는 무엇인가? 나뭇잎의 색깔을 보면 어떤 생각이 드는가? 나무를 보면서 어떤 감정이 떠올랐는가? 왜 사랑하는 사람의 사진을 액자에 넣어뒀는가? 왜 그 사진을 소중하게 생각하는가? 샌드위치의 빵은 어디서 샀는가? 빵을 만들 때 사용된 밀은 어디서 자랐을까? 당신이 먹는 식재료를 기른 농부에 대해, 식재료가 땅에서 자란다는 사실에 대해 마지막으로 생각했던 건 언제인가? 자신을 둘러싼 세계를 구성하는 이런 세세한 요소에 생각을 집중하면 어떤 기분이 드는가?

시는 여기 나열된 소소한 경이로움들 속에 존재한다. 이 모든 질문과 구체적인 면면들이 한데 합쳐진 총합이 바로 시다.

시처럼 쓰는 연습

오늘 아침 일과를 기록해 보자. 눈 뜨자마자 보인 것들은 무엇인가? 생각나는 대로 다섯 가지 이상 나열해 보자.

☐ _____

☐ _____

☐ _____

☐ _____

☐ _____

☐ _____

☐ _____

☐ _____

☐ _____

일어나자마자 든 생각은 무엇인가? 왜 그러한 생각을 가지게 되었는지 곰곰이 생각하고 써보자.

오늘 아침, 내가 먼저 한 일은 무엇인가? 그 행동에 대해서 자세히 묘사하는 글을 써보자.

시처럼 쓰는 연습
: 경외감을 담아 글쓰기

　시를 쓰려고 자리를 잡고 앉았다면, 경외감을 불러일으키는 대상에 정신을 집중해 보자.

　그 대상은 망망대해의 광활함일 수도, 주방 창틀에 앉은 작은 잠자리일 수도 있다. 거기서부터 시작해 그 주제에 대한 모든 질문이 표면 위로 떠오르게 하라. 산만해 보여도 떠오르는 생각을 모두 써야 한다. 불완전하지만 흥미로운 생각들, 바닷속에 아래 감춰져 있던 미지의 요소들, 잠자리의 날개를 보는 순간 느낀 매혹들을 목록으로 만들어라.

　글감을 찾으려고 지나치게 애쓸 필요는 없다. 아이디어는 아주 평범한 곳에서 솟아날지도 모른다. 이웃의 카랑카랑한 웃음소리, 질 좋은 삼나무로 만들어진 현관문의

곡선, 떠오르는 달의 찬란한 광채가 영감의 원천이 될 수 있다.

아주 세세한 부분까지 경외감과 연결해 보라. 이 강력한 감정을 연이은 생각들에 덧입힌 후, 자유롭게 글을 써라. 적어도 한 페이지 분량은 채우도록 노력하고, 글을 다듬는 것에 대해서는 아직 걱정하지 말자. 영감의 언어들로 이뤄진 이 엉성한 글이 비로소 시의 초안이 된다. 경외감은 흘러넘치기 마련이므로, 우리가 그것을 지면 위에 쓸 수만 있다면 우리 주위에 존재하는 경외감들을 훨씬 더 분명하게 인식할 수 있을 것이다.

물을 마시다

늦은 밤 주방에 서서 물에 대한 생각에 젖는다.
물은 끊임없이 이동하는 여행자임을 안다.
배수관을 타고 내려가
개울로, 하늘로 피어오르고, 강물로 흘러들어가
바닷가로, 광대한 대양으로, 그리고 다시 처음으로.

나는 이 오래된 순환의 고리를

어느 날 불쑥 방 안으로 범람한 달빛과 같이 여긴다.

한결같은 달의 순환.

그것이 달이 부푸는 방향을 결정하며

물이 차오르고 빠지기를 반복한다.

지금 나는 지구의 궤도를 느끼며

그저 수도꼭지를 틀고

장식 없는 도자기 컵을 홀짝거린다.

시처럼 쓰는 연습

물을 마시는 것 같은 행위에서도 우리는 충분히 경외감을 발견할 수 있고, 글을 쓸 수 있다. 일상적으로 하는 평범한 행동 중 하나를 골라 경외감을 담아 글을 써보자. 무엇보다 생각나는 대로 자유롭게 쓰는 것이 중요하다.

시적 사고방식을 위한 TIP
: 타인에 대한 호기심 갖기

당신과 전혀 다른 삶을 사는 사람과 교류할 때 경외하는 정신을 발휘해 보라.

경외감을 상대와 연결하는 데 필요한 영감의 원천으로 삼아라. 그들은 어쩌다 당신이 그토록 불편해하는 신념을 갖게 됐을까? 그들의 행동의 뿌리에는 무엇이 있을까? 아마 그들은 당신과 다른 정치적 견해를 가졌을 것이다. 그들은 시골에 살고, 당신은 도시에 살고 있을지도 모른다. 그들은 특정 종교의 관례를 실천하며 자랐고, 당신은 그렇지 않을지도 모른다. 이런 것들이 그들과 당신 사이의 차이를 만들어낸 커다란 요인일 수 있다.

하지만 이런 차이점들 때문에 상대를 밀어내는 것이 아니라, 오히려 호기심을 가질 수도 있지 않을까? 나는 상대가 나와는 본질적으로 다른 부류의 사람이라는 것을 느낄 때 관계를 끊지 않으려고 노력한다. 대신 새로움을 발견하기 위해 노력한다. 그러면 깜짝 놀랄 만한 새로운 통찰을 얻는 경우가 종종 생긴다.

관계를 끊는 대신 다른 사람의 관점에 호기심 어린 태도를 유지하고 싶다면, 당신은 새로운 렌즈로 세상을 바라보는 도전을 해야 한다. 창의적인 기분이 드는 일이다. 만약 내가 경건한 존경심을 발휘하지 않았다면, 삶의 어떤 부분들을 간과하게 됐을까?

한 가지 예를 들면, 나는 포엠 스토어를 통해 도저히 가능할 법하지 않은 관계들을 맺을 수 있었고, 그들과의 우정은 지금까지도 내 삶의 큰 부분을 차지하고 있다. 나와 전혀 상관없는 분야의 사람들과 가족 같은 사이가 됐고, 부유한 사업가와 끈끈한 동지애를 나누게 됐다. 평소의 나였다면 일찌감치 마음을 닫았을지도 모를, 나와 전혀 다른 부류의 사람들에게 마음을 활짝 열고 있는 나 자신을 발견할 수 있었다.

시는 사람 사이의 간극에 다리를 놓아주고

서로 다른 의견들이 하나로 만나는

가족, 사랑, 신뢰, 독창성, 희망과 같은

주제들에 시선을 모을 수 있게 도와준다.

이런 관계들은 내가 배려하는 언어를 배울 수 있게 해줬다. 차이점에 집중하고 오만한 태도로 판단하는 대신, 서로 간의 유사성을 찾기 위해 노력하고 존중하는 태도, 인간애에 초점을 맞춘 대화가 가능하다는 것을 가르쳐줬다.

겉으로 드러나는 차이점보다 상대의 내면세계에 관심을 집중할 때 서로 하나가 되는 경험을 할 수 있다. 우리를 서로 연결해 주는 것은 우리의 호기심이며, 서로 연결된다면 거대한 변화도 이뤄낼 수 있다.

의미를 만드는 법

나는 우리 앞에 어떤 행운이나 불행이 찾아오더라도

우리는 그것에 의미를 부여하고

뭔가 가치 있는 일로 바꿀 수 있는 능력이 있다고

언제나 믿어 왔으며, 여전히 믿고 있다.

_ 헤르만 헤세

인간으로 태어나서 가장 좋은 점은, 자신의 존재 이유와 정의를 스스로 정할 수 있다는 사실이다. 논리적인 과학, 심지어 본능적인 직감에 근거해 자신만의 해석을 할 수 있다. 왜냐하면 우리는 질문을 하고 대답을 찾는 존재이고, 자신이 살아가는 의미를 결정할 수 있는 존재이기 때문이다.

의미는 선택이다.

의미를 선택하는 것은 매혹적인 과정이다. 자신이 전혀 무의미할 수 있는 일에 의미를 부여하는 존재임을 알기 때문이다. 우리는 각자가 살아온 삶에 따라 수집한 지식과 정보를 활용하여 자신이 무엇을 가장 의미 있다고 생각하는게 무엇인지 드러낸다. 중요한 것은 당신의 선택이라는 점을 충분히 인지하는 것이다. 당신의 선호에 의한 선택일 뿐이라는 사실을 인지할 때, 다른 사람들이 선택한 수많은 의미들을 존중할 수 있게 된다. 나의 의미가 당신에게는 전혀 다르게 다가갈 수 있으며, 나의 의미 또한 끊임없이 자라고 이동할 수 있는 잠재력이 있다.

당신의 가치관은 무작위로 형성된 것이 아니다.
당신이 세상을 바라보는 렌즈는 정교하게 고안된 것이고,
평생에 걸쳐 의도적으로 더하거나 뺄 수 있다.

당신은 주위를 둘러싼 사소한 요소들을 면밀히 살펴 각각의 요소가 지닌 신성한 힘을 헤아려볼 수 있다. 원한다면 거리의 표지판을 신성한 대상으로 만들 수도 있다. 무엇이든 거룩해질 수 있는 것이다.

내게는 연필이 성스러운 존재다. 나는 그 물체에 엄청난 의미를 부여하기 때문에 책상 위에 놓인, 혹은 버려진 연필을 볼 때마다 눈물이 날 지경이다. 나는 연필에서 유용성과 심미성의 완벽한 조화를 본다. 연필은 단순하고도 목적에 충실하다. 팔에 연필 형상의 문신도 새겼다. 연필을 성스러운 대상으로 보기로 선택한 것이다. 글 쓰는 사람이기 때문에 인간이 종이에 글을 쓸 수 있게 도와주는 창조물에 깊은 감명을 받았고, 날렵하고 실용적인 디자인에 매료됐다. 그래서 무심코 도구로 사용하기보다 중요한 의미를 부여하고 싶었다.

연필

손가락 사이에 끼운

기능적인 형태,

종이 위 가는 선들

사이로 주문을 건다.

부드러운 문장들은

폭풍우를 약속하는

하늘을 닮은 회색빛.

내가 간절히 필요할 때

너는 거기 있다.

흑연의 몸짓이 내 마음을

하나의 상징으로 만든다.

글자에 내 목소리를 담아주렴.

네가 종이 위를 꾸물대며

아주 관대하게 빚어놓은

글 앞에 기도를 쏟아붓는다.

의미를 만드는 연습
: 아주 흔한 대상을 골라 의미 부여해 보기

주방으로 가서 숟가락을 찾아보라. 숟가락을 손에 들고 바라보라. 제일 먼저 떠오르는 생각이 무엇인가? 제일 먼저 생각나는 단어는 무엇인가? 어떤 기억을 상기시키는가? 당신을 아주 오래되고, 인간적인 무언가에 연결시키진 않는가? 아무리 쳐다보고 생각해 봐도 그냥 수프를 먹을 때 사용하는 숟가락일 뿐이라고 생각된다면, 그래도 괜찮다.

하지만 당신은 분명 더 많은 것을 감지할 수 있을 것이다. 이 숟가락은 어디에서 왔을까? 당신은 그것을 어디에서 샀는가? 왜 이 숟가락을 선택했는가? 음식을 먹기에 편리한가? 너무 작거나 크진 않은가? 인간이 숟가락을 얼마나 오랫동안 사용해 왔을까? 어떤 문화권에서는 숟가락을 신성시할 수도 있지 않을까? 어떻게 숟가락이 신성시될 수 있을까?

집 안에 있는 어떤 물건이든 이 방법을 적용해 보면 모든 것이 무수한 의미를 담고 있다는 사실을 깨닫게 될 것이다. 이런 식으로 모든 물건에 대한 개인적인 정의들을 기록하기 시작하고, 당신의 일상 속에 이미 흘러넘치고 있는 가치들을 발견하라. 이것이 당신을 둘러싼 무한한 의미의 집합소다.

시처럼 쓰는 연습

의미는 만드는 법에 익숙해지기 위해 먼저 특정 사물로 연습해 보자.
집 안 어디에든 숟가락이 있을 것이다. 숟가락을 가지고 와 가만히 바라보자.
가장 먼저 떠오르는 생각을 써보자.

이와 연관해서 떠오르는 단어가 있다면 그 단어를 써보고 그 이유에 대해서
도 기록해 보자.

숟가락과 연결된 기억이 있다면 무엇이든 좋으니 자유롭게 써보자.

다음에 이어질 시 쓰기 연습을 위해 일상 속에서 나에게 의미 있는 물건이 있다면 무엇인지 생각해 보고 다섯 가지 이상 그 목록을 적어보자.

☐ _____

☐ _____

☐ _____

☐ _____

☐ _____

☐ _____

시처럼 쓰는 연습
: 일상 속 신화를 창조해 보기

삶을 의미로 물들이기 원한다면, 어디를 가든 가슴속에 품고 다닐 수 있는 자신만의 신화를 창조하는 것이 도움이 된다. 대상물, 상징물에 중요성과 정의를 부여하는 방식으로 자신만의 신화를 창조할 수 있다.

이것은 인간의 아주 오래된 습관이기도 하다. 당신에게 가장 중요한 것을 다섯 가지만 생각해 보라. 가족, 집, 사랑, 재미, 건강을 선택했다고 가정해 보자. 이제 이 다섯 가지 요소에 각각의 대상물이나 상징물을 지정하라. 가족은 흑곰과 연결될 수 있다. 온 가족이 함께 모여 있는 모습이 겨울철 아늑한 동굴 속에서 한데 어울린 흑곰 가족의 모습과 비슷하기 때문이다. 집은 플라타너스와 연결할 수 있다. 당신의 집 앞마당에 거대한 플라타너스 한 그루가 있기 때문이다. 사랑은 붉은 심장으로 표현될 수 있다. 당신이 등산을 사랑해서 산을 오르며 재미를 느낀다면 재미는 산의 이미지와 연결할 수 있다. 마지막으로 건강은 태양으로 나타낼 수 있는데, 당신은 따뜻하고 밝을 때 가장 활력이 왕성하기 때문이다.

곰, 플라타너스, 붉은 심장, 산, 찬란한 태양. 당신은 어디를 가든 이 상징들을 품고 다니면서 글로 확장시킬 수 있다. 흑곰을 예로 들어보자. 흑곰을 좋아하는 이유가 무엇인가? 흑곰을 생각하면 어떤 의미가 떠오르는가? 당신의 문화권에서 흑곰이 어떤 의미를 갖는지 살펴보고 내용 중 마음을 움직이는 측면들을 모아서 당신만의 정의를 만들고 글로 써보라.

당신은 이 생명체를 어떤 언어와 연결시키는가? 흑곰이 무엇처럼 보이는가? 이 질문들은 흑곰에 대한 개인적이고 시적인 심상을 만들어 당신이 이 동물을 볼 때마다, 혹은 떠올릴 때마다 친밀한 의미가 샘솟게 만들 것이다. 식물에도 동일한 방법을 적용할 수 있다.

집에서

플라타너스 나무 아래 서면,
가족 사랑의 모든 이야기가
얼룩덜룩한 그늘로 우리를 감싼다.
우리는 산에서 내려왔고,
붉은 심장 깊숙이 기쁨을 품어,
우리 얼굴 위로 태양이 일렁이면
기쁨을 나누었다.
눈을 들어 나뭇잎들을 보라,
만족감은 계절의 변화처럼 한결같다.

당신은 어디에 있든지 개인적인 서사로 이뤄진 자신만의 신화에 다가갈 수 있다. 그 신화가 당신이 처한 현실에 의미를 부여하고, 힘들고 불확실한 시기에 큰 도움을 줄 수 있다.

내가 이 세상을 항해하는 데 도움을 주는 동식물들이 많다. 나는 신화의 상징들과 최대한 많이 상호작용하기 위해 길을 걸으며 어떤 동물을 우연히 마주치는지, 어떤 식물이 언제 꽃을 피우는지 늘 주시한다. 이런 습관은 정신 건강에도 도움이 되고 삶의 의미를 풍요롭게 해준다.

나는 플라타너스를 보면 어디에 있든지 집에 있는 것 같은 기분이 든다. 해변에서 수면 위로 올라온 돌고래를 보면 지혜와 자유를 떠올린다. 시냇가에서 자라나는 쑥을 만나면 친구라 부르는데, 쑥의 은빛 솜털들은 내 꿈을 상기시킨다. 숲속의 속새를 보면 지구가 얼마나 오래됐는지 새삼 떠올라 깊은 존경심을 느낀다. 이런 의미들을 고르고 모아서 기록한 것들은 풍성한 한 권의 책이 되었고, 나는 연결감을 갈망할 때마다 그 책을 찾는다.

당신이 무엇을 의미 있다고 말하거나 상상한다면, 그

것은 의미를 가질 것이다. 그리고 삶의 모든 순간을 당신
만의 신화로 엮어낼 수 있을 것이다.

시처럼 쓰는 연습

당신은 주변의 모든 것에서 의미 있는 이야기를 창조할 수 있다. 나에게 연필이 특별한 의미가 있는 것처럼, 휴가, 요리, 빨래 등 무엇에든 적용할 수 있다. 당신에게 의미 있는 상징물이나 생물, 또는 사물은 무엇인가? 앞서 작성한 다섯 가지 목록들에 대해 나만의 상징과 의미를 더해서 글을 써보자.

시적 사고방식을 위한 TIP
: 삶 속에서 찾아낸 의미 다듬기

의미는 우리가 좀 더 주의를 기울여 우리를 둘러싼 세계를 돌아보게 만든다. 의미를 부여하면 모든 것들이 중요해진다. 나는 흔들리지 않을 것 같은 오래된 의미들뿐 아니라 인간이 매일 새롭게 창조하는 의미들에 경외감을 느낀다.

의미는 기본적으로 개인적인 것이지만, 모이면 집단적인 의미가 될 수 있다.

그러므로 우리의 행동이 어떤 뉘앙스, 교양 있는 취향, 자신만의 독특한 관점을 전달할 수 있도록 각자의 신념을 다듬어가는 것이 우리가 해야 할 일이다. 우리는 의미를 만드는 시를 통해 모두가 더 나은 사람이 되도록 도움을 줄 수 있다.

성장하고 변화함에 따라 가치관을 새로이 정비할 수 있도록 자신이 중요하게 여기는 것들을 다시 생각해 보고 수시로 다듬는 노력은 무척 중요하다. 가치관은 자아의 원천이고, 우리는 고정된 존재가 아니기 때문이다.

우리가 더 많은 의미를 만들고 수집할수록 판단의 기준을 수정할 기회도 많아지고, 좀 더 폭넓은 이해력을 기를 수 있다. 또한 이해의 범위와 깊이가 늘어날수록 삶 속에서 기회를 얻고, 해결책을 찾을 가능성도 높아진다.

목적을 담아 삶을 쓰는 법

나는 지구의 처우를 개선하는 데 헌신할 것이고,

내 삶의 처우가 나아지기를 기대하지 않을 것이다.

_ 웬델 베리

몇 해 전 어느 날, 나는 영속농업을 주제로 한 모임에 참석해서 오클랜드의 한 건물 옥상에 앉아 있었다. 노을이 하늘 전체를 아름다운 분홍빛으로 물들이고 있었고, 도시의 정원사들과 도시 농부들이 둘러앉은 가운데 한 노인이 어떻게 식재료를 직접 기르고 정원을 가꾸기 시작했는지 자신의 여정을 이야기했다. 그리고 우리는 그의 목소리에 귀기울였다. 노인의 이야기는 이렇게 시작됐다.

"여러분은 자신에게 아주 중요한 질문을 던져야 합니다. '나는 무엇에 헌신할 것인가?' 어떤 사람들은 신에게 헌신하고, 어떤 사람들은 자기 자신을 위해 살고, 또 어떤 사람들은 자신이 속한 공동체를 위해 헌신합니다. 아직 이 질문에 대답할 수 없어도 괜찮습니다. 하지만 이 질문에 대답할 수 있을 때까지 매일 자신에게 되묻기를 바랍니다."

나는 노인을 보았다. 노인의 길고 하얀 턱수염과, 그의 뒤에서 소용돌이치는 솜사탕 같은 구름을 보았다. 나는 나의 대답이 무엇인지 곧바로 알 수 있었다.

나는 무엇에 헌신하는가? 나는 지구를 위해 헌신한다.

지구를 지키고 싶다는 소망이 내가 시인으로서 하는 모든 일들, 시를 통해 사람들을 돕고자 쏟아붓는 모든 에너지에 연료가 되어준다. 내가 사람들이 삶 속에서 명료함을 발견하도록 돕고, 아름다움에 눈을 뜨고 일상을 둘러싼 풍부함을 인지할 수 있도록 돕는다면, 그들이 좀 더 좋은 사람이 되어 지구를 잘 대해 줄 것이라고 믿는 것이다. 나는 지구라는 행성을 사랑한다. 지구는 완벽한 선물이고, 나는 이 행성을 보호하는 일에 내 모든 능력을 발휘하고 싶다. 이것이 내 삶의 목적이다.

나는 여기 있다

도시는 내게 삶의 목적을

가지라고 요구하지 않는다.

내가 세상에 무엇을 내놓고 있는지

생각할 필요가 없다고 말한다.

나머지는 시원한 에어컨 바람이

나오는 방 안에서 희미하게 흐려져

해를 피해 숨어버릴 수 있다.

아무것도 거룩할 필요는 없다.

시원한 밤바람이 불어와 내 창문을 연다.

내가 우주에 떠 있는 한 행성 위에

서 있다는 사실을 잊을 수 없다.

잠을 자고 있어도 불쑥 찾아오는

경외감과 끊임없이 떠오르는 단어들을

무시할 수가 없다.

어둠 속에서 쓰인 구절들 하나하나는

내가 여기 있는 이유이자,

내가 여기에 있음을 상기시켜 주는 편지이며,

나는 그 이유가 무엇인지 알고 있다.

아직 삶의 목적을 모른다고 해도 괜찮다. 당신뿐만 아니라 많은 사람들 대부분이 모른다. 하지만 당신의 삶의 목적은 내면 깊숙한 곳에서 당신이 알아봐 주기를 기다리고 있을 것이다.

시간이 흐르면서 삶의 목적이 바뀔 수도 있다. 분명 이것이 내 삶의 목적인 줄 알았는데, 어느 순간 새로운 동기가 생길지도 모른다. 또 어느 순간 원래의 목적이 다른 방면으로 이어지는 숨겨진 문을 갖고 있다는 사실을 깨달을지도 모른다.

목적을 탐구하는 연습
: 작가가 왜 글을 쓰는지 알아보기

작가나 예술가가 작품을 창조하는 데는 이유가 있다. 단순히 작가 자신이 폭발하지 않으려고 자신의 모든 감정을 지면 위에 쏟아내는 사람도 있고, 사회 변화를 위해 글을 쓰는 사람도 있으며, 개인적인 이야기를 통해 자신이 얻은 지혜와 교훈을 독자들과 공유하기 위해 작품을 만드는 사람도 있다. 글을 쓰는 이유는 셀 수 없이 다양하다. 당신이 가장 좋아하는 작가가 글쓰기에 헌신했던 이유를 안다면 당신의 목적을 구체화하는 데 도움이 될 것이다.

이를 실천하기 위해서는 당신이 우러러보는 창작자의 삶을 어느 정도 조사할 필요가 있다. 창작자의 전기를 읽거나, 작품들 자체를 면밀하게 분석하는 방법도 있다.

당신과 비슷한 목적을 가진 작가들, 혹은 당신이 창조적인 면에서 연결되기를 열망하는 작가들의 목록을 만들어라. 우리는 종종 작가의 경력과 관심사의 궤적에서 그의 목적을 발견하곤 한다. 그 작가는 어떻게 글을 쓰기 시작했는가? 그의 독자들은 누구인가? 작품을 쓰는 과정에서 특정한 운동에 참여하거나, 특정한 목표에 매진한 적이 있는가? 작가들이 어떤 식으로 흔들리면서 자신을 확장해 갔는지, 그들의 고군분투를 살펴보자. 그리고 당신은 자신의 글이 가진 힘으로 무엇을 하고 싶은지 생각해보라.

시처럼 쓰는 연습

평소 좋아하는 작가가 있었다면 그 작가에 대해서 살펴보는 시간을 가져보자.
먼저 내가 왜 그 작가를 좋아하는지 이유를 써보자.

작품이나 프로필 중 당신에게 인상적인 부분이 있었다면 그 부분을 기록하고, 당신에게 왜 인상적이었는지, 어떤 영향을 미쳤는지 써보자.

시처럼 쓰는 연습
: 한 걸음 더 나아가 생각해 보기

　무엇이건 당신이 그 일을 하는 이유, 그것을 연습하는 이유, 그것을 공부하는 이유를 생각하고 글로 쓰면서 자신의 목적을 탐색해 볼 것을 제안한다.

　가족들을 위해 일하고, 바쁜 하루를 마치고 평화를 얻기 위해 피아노를 연습하고, 내년에 파리 여행을 가기 위해 프랑스어를 공부한다와 같은 아주 단순한 내용으로 시작해도 된다.

　하지만 이런 단순한 감상들을 먼저 제시한 다음, 한 걸음 더 나아가 보자. 당신은 왜 가족에게 헌신하는가? 왜 마음의 평화를 추구하는가? 왜 프랑스를 여행하고 싶은가? 당신은 자신의 내면세계를 더 알기 위해 매일 아침 책상에 앉아 일기를 쓰는 사람일지도 모른다. 그렇다면 애당초 왜 자신의 내면세계를 더 알고 싶어졌는가?

당신은 이 우주 속에서 자기 자신보다 위대한 뭔가를 위해 어떤 일을 하고 있는가? 세상의 고통을 덜기 위해 뭔가를 창조하고 있는가? 당신을 둘러싼 세계에 자신을 온전히 드러내기 위하여 스스로를 이해하는 작업을 하고 있는가? 당신은 글을 쓰면서 이것들 중 하나라도 실천하고 있는가? 이 모두는 각기 다른 종류의 목적들이며, 각각의 목적은 글을 쓰는 사람으로서뿐만 아니라, 인간으로서도 중대한 문제이다.

자신의 목적을 탐구하는 과정에서 나는 누구를 위해 글을 쓰고 있는지 질문하게 될지도 모른다. 대학을 다닐 때 작문법 교수님께서 학생들에게 이런 질문을 해봐야 한다고 말씀하셨다. 당신은 당신 자신만을 위한 시를 쓰고 있는가? 친구들에게 보여줄 시를 쓰고 있는가? 난해한 산문을 좋아하는 소수의 독자들을 위한 시를 쓰는가? 아니면 당신은 누구나 읽을 수 있는, 모든 사람을 위한 시를 쓰고자 하는가?

당신은 이 질문에 대답함으로써 자신의 목소리를 찾

아갈 수 있다. 만약 자기 자신만을 위한 글을 쓰고 있다면 그 결과물에 대해 두 번 생각할 필요가 없다. 당신 자신 말고는 누구도 그 글을 이해할 필요가 없기 때문이다. 하지만 만약 다른 사람을 향한 글을 쓰기 원한다면, 자신의 글이 보편적인 이해를 위해 보여줘야 할 모든 것을 충분히 보여주고 있는지 확인하고, 글의 접근성과 편집 방법을 고민해야 한다.

당신은 누구를 위해 글을 쓰고 있는가? 이것은 사적인 글을 쓰는 사람에게는 해방감을 주고, 보다 보편적인 글을 쓰고자 하는 사람에게는 훈련의 필요성을 자극하는 유용한 질문이다.

나는 누구나 읽을 수 있는, 모든 사람을 위한 글을 쓰기로 선택했다. 나는 내 작품이 누구에게나 쉽게 다가갈 수 있기를 항상 바랐다.

내 시의 목적은 수년에 걸쳐 확고해지고, 폭넓어졌다. 나는 지구를 위해 할 수 모든 일을 다 한다는 핵심 가치에 의해 움직이고, 그 핵심 가치를 나눌 수 있는 시를 쓰는 일에 집중해 왔다.

어느 날 밤, 내가 이 일을 하는 이유에 대해 명상하는 중에 다음의 시가 종이 위로 흘러나왔다. (내가 앞으로 당신에게 작성하라고 요청할 목록이 바로 이런 것이다.)

내 시의 목적

위안을 주기 위해

지지를 보내기 위해

대안을 제시하기 위해

동정심을 불러일으키기 위해

명료하게 드러내기 위해

사심 없이 헌신하기 위해

수용을 보여주기 위해

책임지기 위해

무한한 우물이자, 거울이자, 출구가 되기 위해

치유의 공간을 만들기 위해

현재에 머무르고,

공동의 고통을 폭넓게 기억하기 위해

나의 의무를 생각하기 위해

의미를 창조하고, 재창조하기 위해

주의를 기울이기 위해

깊이 연결하기 위해

공통의 연결고리를 발견하기 위해

우리 이야기를 통해 길을 보여주기 위해

내 목소리를 넘겨주기 위해

우리 모두를 경외감으로 인도하기 위해

새로운 진실이 밝혀졌을 때

나의 화두를 희생하기 위해

표면에 깊이를 부여하기 위해

품위를 지키며 가치 있는 일을 하기 위해

내 의도를 묻고 발전시키기 위해

어떤 형태로든 삶에 경의를 표하기 위해

거듭 용서하기 위해

친절을 베풀기 위해

온화해지기 위해

필요한 순간이 왔을 때 나의 불을 끄기 위해

끊임없이 다시 태어날 수 있음을 믿기 위해

사소한 것들을 숭배하고,

수집하고, 드러내기 위해

아름다움을 정의하고, 재정의하기 위해

해결책을 제시하기 위해

최고의 힘을 암시하기 위해

우리가 내린 정의들을 정교하게 다듬기 위해

순수한 목적을 나타내기 위해

대답들을 노랫말로 엮어내기 위해

겸손하고 자발적인 태도를 유지하기 위해

휴식을 취하고 회복하기 위해

근원을 노출하기 위해

지혜를 공유하기 위해

귀를 기울이고 반응하기 위해

우리의 능력을 발굴해내기 위해

모든 존재의 밝은 면을 찾기 위해

마음껏 기뻐하기 위해

최악의 고통을 증언하고 교훈을 얻기 위해

자신을 넓게, 더 넓게 열어젖히기 위해

대중 앞에서 이 일을 하기 위해

지구의 언어를 생산하기 위해

나의 노력에 경의를 표하기 위해

나의 헌신을 기억하고 본으로 삼기 위해

가끔씩 어둡고 힘든 것을 허용하기 위해

불필요한 것을 버리기 위해

우리를 장소와 연결해 주는

튼튼한 고리를 만들기 위해

모든 작은 것의 중요성을 알리기 위해

육체를 절대 잊지 않기 위해

그렇다고 정신을 과소평가하지 않기 위해

또한 영혼을 간과하지 않기 위해

소리치고, 울부짖고, 깨트리기 위해

최선의 방법이 무엇일지

자유롭게 상상하기 위해

두려운 영역을 파헤치기 위해

계속되는 실수들을 견뎌내기 위해

열정을 이끌어내기 위해

한없이 사랑하기 위해

시처럼 쓰는 연습

당신이 글을 쓰는 이유가 무엇인지 목록으로 작성해 보자. 모호하고 보편적인 목적도, 아니면 아주 구체적이고 개인적인 목적도 괜찮다. 당신이 세상에 내놓는 것이 아무리 사소해 보여도, 혹은 무모해 보여도, 그것으로 충분하다.

☐ _____

☐ _____

☐ _____

☐ _____

☐ _____

☐ _____

☐ _____

☐ _____

☐ _____

☐ _____

시적 사고방식을 위한 TIP
: 나의 목적과 연결된 일상 보내기

자신만의 목적을 찾는 과정은 결코 쉽지 않다. 길고 구불구불한 길을 따라 자신의 성격, 흥미, 열정의 다양한 면면을 세밀하게 살펴야 하는 인내심이 요구되는 여정이다. 당신의 목적을 안다는 것은 당신이 누구인지 제대로 안다는 말과 같다.

만약 우리가 자신의 목적을 알고 그 목적과 온종일 연결된 일상을 보낸다면, 우리는 자신이 누구이고, 자신이 성장하는 데 무엇이 필요한지 더욱 깊이 이해할 수 있을 것이다.

오직 작가로서의 분명한 목적을 추구할 필요는 없다.

목적은 당신의 삶 전체에 영향을 미치는
사고방식이기 때문이다.

당신은 무엇에나 의미를 부여할 수 있는 것과 마찬가지로 무엇에든 목적을 부여할 수 있다. 그리고 그 모든 목적은 정당하다. 그러므로 당신의 직업이 다소 지루하고 시시하게 느껴질지라도 일하는 동안 자신의 목적과 지속적으로 연결되어 있다면 (예를 들면, 가족을 부양하기 위해, 열심히 일하고 그 대가로 훗날 건강한 몸으로 세계 여행을 즐기기 위해) 당신이 매일매일 하는 노력에 정당성을 부여하고, 일상에 생기를 더해 줄 불꽃들을 얼마든지 발견할 수 있을 것이다.

우리가 자신의 목적을 놓아 버리는 순간,
우리의 고유한 가치도 함께 사라져 버릴지 모른다.
그러므로 자신의 목적을 붙잡는 것은
근본적인 자기 보호 행위라고 할 수 있다.
세상의 무게는 결코 가벼워지지 않을 것이므로,
자기 자신을 사랑하고,
자신의 목적을 주문처럼 되뇌며

끈질기게 붙잡는 것이 당신의 만족과 기쁨을 위한

시적 몸짓이 될 수 있다.

나만의 언어로
생각을 공유하는 법

그녀가 하는 모든 말은

내 골수에서 흘러나온 비밀스러운 목소리 같았다.

_ 실비아 플라스

우리 모두는 더 많은 것을 알기 원한다. 인간은 지식을 갈구한다. 우리가 자신을 언어로 설명할 때, 자신이 느끼는 감각들의 미묘한 차이를 표현할 때, 심상들을 수집해 탐구할 때, 우리는 자신의 관점을 공유함으로써 다른 사람의 시야를 밝혀줄 수 있다.

당신의 언어로 이 행성의 신비로움을 보여줘라. 일상을 둘러싼 고귀함과 아름다움을 발견하고 자신에게 이렇게 질문하라. 왜 그것들이 이토록 멋지게 느껴지는 걸까? 산의 풍경을 바라볼 때 어떤 점 때문에 마음이 움직이는가? 그녀의 눈동자 색깔이 그토록 인상적인 이유는 무엇일까? 왜 그 노래가 매력적으로 느껴질까?

나는 글을 쓸 때 계속 '왜'라고 질문하는 것을 좋아한다. 가끔은 불가사의한 대답을 얻기도 하고, 아주 구체적이고 논리적인 대답을 찾을 때도 있다. 어떤 경우든 이런 질문은 작업에 새로움을 불어넣어 준다. 예를 들어, 숲을 주제로 한 나의 시는 다음과 같이 시작한다.

당신은 왜 숲을 사랑하는가?

숲은 나의 집이다.

숲이 당신의 집이라는 걸 어떻게 알 수 있는가?

숲은 내 눈이 보기 원하는 유일한 대상이기 때문이다.

나는 질문만 하는 것이 아니라 대답을 공유한다. 완전히 개인적인 내용이라 해도 같은 인간이라는 이유 하나로도 나의 깨달음이 다른 누군가와 연결될 수 있는 가능성이 있기 때문이다.

나는 다른 사람과 뭔가를 공유하기 원하는, 이 뿌리 깊은 인간의 열망과 관련해 한 가지 이론을 갖고 있다. 뭔가 의미 있는 일이 생기면, 예를 들어, 내 머리 위로 독수리 한 마리가 날아가는 모습을 봤다면, 다른 누군가와 그 사실을 공유할 때 그 순간이 훨씬 더 특별해진다는 것이다. 나는 홀로 생각에 잠기는 것을 좋아하고, 혼자 있을 때 몸과 마음이 회복되는 사람이지만, 삶의 경이로움을 발견해 기쁨에 들떠 있을 때는 다른 사람과 공유하고 싶은 충동을 느낀다. 다른 사람도 나처럼, 혹은 나보다 더 큰 영감을 받을지도 모른다는 기대감 때문에 내 경험과 감정을 전달하고 싶어진다.

내가 시를 통해 내가 경험한 순간을 다른 사람들에게 전달한다면, 그 순간을 다른 사람들과 공유할 수 있다.

이것이 바로 시다. 서로가 경험한 순간들을 주고받고, 자신의 대답들을 내어놓고, 다른 사람들이 경이로움을 깨닫는 수업에 동참할 수 있는 공간을 제공하는 것이다.

가끔씩 내가 깊은 어둠 속에 잠겨있을 때 다른 작가들의 글이 나를 어떻게 도왔는지를 생각해 본다. 그 작가들은 작품을 공유함으로써 자신들이 인생의 고통을 어떻게 다뤘으며, 슬픔을 어떻게 승화했는지 보여준다. 그들의 고통과 슬픔은 나의 것과 아주 닮아 있었다. 나는 작가들의 글을 읽으며, '아! 이 환상적인 작가들이 자신의 관점을 세상에 내놓지 않았다면, 내가 무슨 수로 이 삶을 견뎌냈을까'하고 생각한다. 그래서 나 역시 그런 일을 하겠다고 결심했다.

어둠 속에는 수많은 것이 숨겨져 있다. 어둠을 노래하고, 어둠에 대한 시를 짓고, 어둠의 모든 것을 함께 이야기할 때, 우리는 어둠을 변화시킬 수 있다. 우리가 있는 힘껏 어둠을 활용한다면 어둠은 아름다워질 수도 있고,

새로워질 수도 있다.

위대한 명령

위대한 명령이

밤낮을 가리지 않고

내 생각을 사로잡는다.

계속 살아가라, 살아가라, 살아가라.

내게 질문하는 목소리가 들린다.

나는 어떤 능력이 있고, 무엇을 할 수 있는가?

나는 할 수 있는 건 무엇이든

그러모아 대답한다.

떠오른 생각들에 무한한 감사를 덧붙인다.

이토록 불가사의한 신비 앞에서

끊임없이 기뻐하고 축하하는 것 외에

다른 무엇을 할 수 있을까?

난 그저 뭐든 될 수 있어 행복할 뿐이다.

무엇이든 승낙한다.

뭐 그리 잘못될 것도 없으니

모든 것은 순리대로 흘러간다.

어떻게 그렇지 않을 수 있겠는가?

자신의 고통을 공유한 시인들과 예술가들을 통해서 나 자신의 고통은 물론, 인류의 고통을 이해하고 끌어안는 방법을 배울 수 있었다. 그리고 이 모든 고통을 통해 나를 더욱 활짝 열어젖히는 방법을 알아냈다.

공유하는 연습
: 작품 낭송하고 공유해 보기

　공유의 중요성을 이해하는 좋은 방법은 큰 소리로 낭독해 보는 것이다. 자신이 직접 쓴 글이나 가장 좋아하는 시인의 시를 친구나 연인과 공유해 보자. 그리고 그 글이 소리로 표현될 때 무슨 일이 벌어지는지 지켜보자.

　나는 사람들에게 시를 지어줄 때마다 큰 소리로 읽어준다. 내 목소리의 굴절과 운율을 들을 때 사람들이 시의 잔상을 더 오래 간직할뿐만 아니라 내 목소리와 함께 전달되는 모든 것이 글 자체만큼이나 많은 것을 말해 줄 수 있기 때문이다.

　낭송하기 전에 시가 인쇄된 종이를 나눠준다면 더 좋

다. 당신의 친구는 지면 위에 적힌 시를 눈으로 따라가면서 당신이 시를 읽는 소리에 귀를 기울일 수 있을 것이다. 작업 중인 작품을 공유하는 것은 피드백을 받을 수 있는 훌륭한 방법이지만, 워크숍처럼 딱딱한 분위기로 진행할 필요는 없다. 원한다면 듣는 이들에게 작품을 평가하지 말고 그냥 받아들여 달라고 요청할 수도 있다. 어떨 때는 당신이 자기 작품을 다른 사람과 공유하고 있는 소리를 스스로 들으며, 다른 사람이 당신의 작품과 만나는 광경을 목격하는 것만으로도 큰 도움이 된다.

시처럼 쓰는 연습

자신의 쓴 글을 소리 내 읽는 연습을 해 보자. 그동안 써두었던 글도 좋고 이 책의 앞선 페이지에 쓴 글도 괜찮다. 나의 글을 소리 내어 읽어보니 어떤 생각이나 느낌이 드는지 기록해 보자. (자신의 글을 들려주고 싶은 사람 앞에서 소리 내어 읽는 경험도 해보기를 추천한다.)

시처럼 쓰는 연습
: 작품의 공유를 위한 편집 방법

자신의 글을 효과적으로 공유하기 위해서 글을 수정하고 편집하는 방법을 배우는 것은 매우 중요하다. 우리는 글을 쓸 때 자신만의 특별한 시각을 드러내기 위해 노력한다. 그러나 자신만의 독특한 시각을 지키면서도 독자들이 이해하기 쉽도록 글을 명료하게 다듬는 일은 쉽지 않다.

나는 시의 초고를 쓰고 퇴고할 때, 독자들에게 효과적으로 전달하기 위한 심상이나 감각적 첨가 없이 그냥 뭔가를 말하고 있는 부분부터 찾는다. 어떻게 해야 불가사의한 대상을 조금이라도 선명하게 표현할 수 있을까? 어떻게 해야 독자들을 이토록 형이상학적인 의견에 동조시킬 수 있을까?

지금이 '말하지 말고 보여주라'는 기술을 사용할 때다. 독자들에게 새가 우리 집 창틀에 앉아 노래하는 모습이 어떠한지에 대해 말하는 대신, 새의 노래와 깃털의 색조를 은유로 나타내고자 노력한다. 새를 뭔가 예상 밖의 대상과 연결시켜서 클리셰를 피하려고 노력한다.

말하는 것에서 보여주는 것으로 어떻게 이동하는지 확인할 수 있는 예시를 소개한다.

그냥 이렇게 말하겠는가?

오늘의 경이로움은
아침의 비둘기.
해는 떠오르고
비둘기가 흰 날개로
하늘을 난다.
아름답고 작은 비둘기는
또 다른 하루의 시작을 알리며
더 높이 날아오른다.

아니면 이렇게 보여주겠는가?

오늘의 경이로움은
비둘기가 떠오르는 해를 향해
동쪽으로 날아갈 때 겹겹이
펼쳐지는 비둘기의 하얀 날개다.
레이스로 장식된
날개 위로 떨어지는
첫 햇살, 바람이 씻어 준
숙녀용 장갑, 구구구
여린 목소리는
내가 진정으로
다시 시작하고 있음을
깨닫게 한다.

차이를 확인할 수 있겠는가? 만약 당신이 태어나서 처음으로 바다를 본 딸에 대해 글을 쓰고 싶다면 독자들에게 딸의 얼굴 표정을 보여주는 게 가장 효과적이다. 딸의 표정은 다른 사람도 공감할 수 있다. 만일 글로 표현한다면 그 무엇과도 비슷하지 않은 대상에 비유해야 한다. 그날 당신 딸의 얼굴에 피어난 표정은 지구상의 그 어떤 것과도 비슷하지 않기 때문이다.

이는 섬세하게 단어를 선택하는 작업이고, 시를 짓는 과정의 큰 부분을 차지하는 작업으로, 많은 연습이 필요하다. 딱 맞는 단어를 선택하는 일은 결코 저절로 이뤄지는 게 아니다. 꾸준히 연습하다 보면 시간이 흐름에 따라 조금씩 수월해질 수도 있다. 또한 자기 자신의 렌즈를 벗어나서 바라볼 수 있는 능력과 마찬가지로, 이 능력도 작가의 목소리에 대한 자신감과 연결되어 있다.

모든 사람들을 내 작품에 초대하려고 노력한다는 것은
단순한 언어를 사용한다는 뜻이 아니라,
비범하지만 이해할 수 있는 언어를 구축하려고
노력한다는 의미다.

나는 작품을 편집할 때 진부하고 평범하다고 느껴지는 단어들에 동그라미를 치고, 지나치게 추상적인 표현도 피하려고 최선을 다한다. 사랑, 공포, 증오, 아름다움과 같은 거대한 단어들은 모든 사람들이 각자 다르게 받아들인다. 이런 단어들이 바로 추상적이다.

만약 독자들에게 사랑과 공포에 대해 말하고 싶다면, 당신만의 고유한 사랑과 공포에 대해 세밀하게 써라. 어떤 종류의 사랑을 다른 사람들과 공유하고 싶은가? 당신의 몸은 공포를 어떻게 받아들이는가? 당신은 독자들에게 다른 무엇과도 구별되는 독특한 심상을 환기하기 위해 정확하고도 낯선 뭔가를 찾아내야 한다. 이런 추상적인 개념에 언어를 덧붙이고 자기 자신만의 개념으로 의미를 부여하는 것이 작가로서 우리가 해야 할 일이다.

여기에 추상적인 개념을 다루는 예시를 하나 소개한다.

그냥 이렇게 말하겠는가?

당신이 다가올 때
내 가슴에
사랑이 느껴진다.
눈물은 멎고
슬픔은 떠나가고
나는 외로움을 벗어나
그저 행복하게
꼭 끌어안고 있다.

아니면 이렇게 보여주겠는가?

이 찌릿한 느낌.

내 가슴 한가운데서

밝은 불꽃이 튀고

꿈에서 열이 올라온다.

당신이 문 앞에

도착하자 나는 갑자기

잠에서 깨어나

당신의 어두운 눈동자를

음미하고 두 팔을 벌리는

몸짓을 받아들인다.

당신은 글을 쓸 때 어떤 언어를 반복해서 사용하는가? 약간의 시간을 투자해서 목록을 만들어보라. 그 언어들을 구체화하고, 진부한 뼈대에 살을 붙이고, 낡은 표현에 새로운 의미를 적용하라. 당신의 언어를 수정하라. 나는 약간 투박하게 느껴지거나 남용된 단어를 발견하면 유의어사전을 찾아보고, 사전이 나를 인도하는 대로 클릭, 클릭을 반복하며 계속 페이지를 이동한다.

처음 보는 단어를 발견하면 적어놓고 작품 안에서 사용해 보라. 언어의 바다에 뛰어들어 보물을 찾아내라. 이는 내가 가장 좋아하는 방법이기도 하다. 쓸데없이 시간을 허비하는 것처럼 보일 수도 있지만, 방대한 언어의 저장소를 탐험하는 일은 무척 재미있다.

시처럼 쓰는 연습

당신이 글을 쓸 때 반복하거나 익숙하게 사용하는 단어들을 생각나는 대로 적어 보자. 그리고 해당 단어들의 유의어들을 검색해 보고, 새로운 단어나 낯설게 느껴지는 단어들을 옆에 적어두자. 언젠가 당신만의 개성 넘치는 글을 쓰는 데 좋은 재료가 되어줄 것이다.

시적 사고방식을 위한 TIP
: 쉬운 언어로 생각 전하는 연습하기

우리 모두는 자신의 글이 이해받기를 원한다. 당신이 모든 사람을 위한 시를 쓰지 않더라도, 다른 사람과 의사소통하기 전에 그가 이해하기 쉽도록 자신의 생각을 다듬는 과정은 필요하다. 이 과정은 모든 종류의 연결에 영감을 줄 수 있다. 우리가 사랑하는 사람에게 행동의 변화나 정직한 태도, 혹은 감사하는 태도 같은 뭔가 어려운 것을 요구해야 할 때 이해하기 쉽고 명료한 언어를 사용하는 것이 정말 중요하다. 이것은 시적인 편집의 기술이다.

당신은 다른 사람들과 생각을 공유할 때 자신의 의사소통 능력을 최대한 발휘하고 있는가? 글을 쓰거나 말을 할 때 이치에 맞고 이해하기 쉬운 언어를 사용하기 위해 몇 가지 도구를 활용해 볼 생각이 있는가? 이런 연습을 통해 다른 사람과 관계를 맺고, 깊이 있게 연결되는 능력을 가질 수 있다.

내 친구가 나를 의사소통 전문가라고 부른 적이 있다. 나는 그 표현이 마음에 든다. 나의 의사소통 능력은 시적 사고방식 덕분이다. 내가 분명하고 온전하게 말하는 능력을 가질 수 있었던 것은 지속적으로 언어와 관계를 맺어왔기 때문이고, 단어 하나하나의 중요성을 믿었기 때문이다.

일상 속 감각을 깨우는 법

시는 우리의 감각 그 자체의 빛나는

내부 핵심을 엿볼 수 있는 통로다.

_폴 브룩스

우리는 자신의 모든 감각을 통해 풍성한 영감을 발견할 수 있다. 활짝 핀 자스민 향기를 맡고 로스앤젤레스를 처음 여행했던 때가 기억난다면, 그때 시상이 만들어지기 시작한다. 옷장 뒤편에서 전 남자친구의 부드러운 셔츠를 만지고 그 시절의 고통으로 빠져든다면, 그것은 한때 그에게 느꼈던 사랑의 감정을 재창조하여 자신만의 글을 쓰기 위함이다. 키 라임 파이를 한입 맛보면 특유의 풍미 속에서 유년시절 전체가 펼쳐지고, 몸이 우리의 경험을 얼마나 강력하게 지배하고 있는지 깨닫는다. 이 모든 연결은 자아성찰, 기억, 명료함을 위한 공간을 창조한다. 우리는 이런 감각들을 잊지 않고 있기 때문에 아름다움과 행복을 찾기 힘든 시기도 버틸 수 있다.

자신의 감각들을 이런 방식으로
활용하겠다고 선택하기만 하면,
감각은 평범함 속에서 위대함을
발견할 수 있는 천부적 도구로서,
우리 모두를 둘러싸고 있는
충만한 광채들을 깨닫게 해줄 것이다.

나는 감각들을 하나씩 주목하며 각각 무엇을 드러내는지 발견하는 것을 좋아한다. 이는 감각 하나하나가 뭔가 긍정적이거나 심오한 것을 밝혀내도록 허용하는 것으로, 구름 뒤에 가린 해를 찾는 게임과 비슷하다. 나의 상상력이 몸의 감각 하나하나를 통해 적극적으로 표현될 수 있도록 허용하는 나만의 방식이다.

어떤 소리를 들을 때, 그 음파가 가진 본질적인 특성이 나를 감탄하게 만들고 내 영혼을 움직이기도 한다. 단 하나의 음이 열정이나 슬픔을 표현할 수도 있다. 모든 소리는 고유한 감정을 지닌다. 문밖에서 들려오는 자동차 소리는 마음을 진정시키는 백색소음이 된다. 이웃집에서 숨죽여 말하는 소리가 들려올 때면 부모님이 저녁 파티를 여는 동안 옆방에서 잠들어 있었던 어린 시절의 향수가 떠오른다.

어떤 냄새를 맡으면 과거에 그 냄새를 맡았던 시간으로 되돌아간다. 제라늄 꽃은 내게 할머니를 생각나게 만들고, 나는 그 꽃향기를 맡는 순간, 할머니가 내게 줬던 무조건적인 사랑에 가 닿는다. 더운 날 음식물이 썩는 희

미한 냄새는 어느 여름 뉴욕에서 보냈던 나날들을 그리워
하게 만든다.

나는 뭔가를 맛볼 때 내가 예전에 방문했던 장소의 풍
경으로 이끌려 간다. 맛있는 고등어 통조림은 나를 스페인
의 해변으로 데려다준다. 타이거너츠의 풍미는 내가 전에
먹어본 어떤 것과도 비슷하지 않은 새로운 맛이기 때문에
나는 이 달콤함을 묘사할 고유한 단어를 찾아야 한다.

어떤 사람이나 사물을 만지면, 수많은 정보가 내 손끝
을 통해 전달된다. 정보들을 처리하는 과정에 좀 더 주의
를 기울인다면, 오직 촉감을 통해서만 촉발될 수 있는 어
떤 기쁨이나 트라우마에 연결될 수 있다. 다른 사람의 손
위에 포개진 내 손은 우리의 관계를 깊이 생각하게 하고,
오래된 삼나무 조각에 손을 얹으면 북부 캘리포니아에서
나무를 올라타던 기억들이 밀려온다.

나는 뭔가 아름다운 것을 보면 내가 본 것을 꾸밈없이
기록해 두고, 나중에 그 글을 통해 그때의 이미지를 다시
만난다. 이는 마음을 편안하게 진정시키고, 생각을 확장

시키는 경험이다. 나 자신에게 "왜 그것이 아름다운가?"
에 대해 질문할 수 있기 때문이다.

머물 수 있다

오직 만발한 감귤꽃의

강렬한 향기와

바나나 잎들이 바람에

흔들리는 소리만이

오늘 밤 나를 구원할 수 있다.

나는 길을 잃었고

외로움을 느낀다.

누구도 나를

치유해 줄 말을

갖고 있지 않다.

네 현관 앞을 지난다.

내 것이 아닌 정원

물을 갈구하는 식물들
화분마다 내 손가락을 찔러 넣는다.

내가 가장 슬픈 길을 걸을 때
활짝 핀 목련을 발견한다면
나는 그 도시에 머물 수 있다.

꽃이 피고 있다.
커다랗고 하얀 받침 접시들
떨어진 두툼한 꽃잎들을
손톱으로 쿡 찌른다.

감각을 활용하는 연습
: 일상 속 감각을 깊이 음미해 보기

오늘 하루 동안 한 가지 감각에 집중해 보자. 내 친구는 자신의 오감을 열기 위해 실험을 한 적이 있다. 그가 키우는 고양이의 숨소리에 귀를 기울이고, 방금 꺾은 꽃들이 담긴 그릇에 얼굴을 파묻기도 하고, 아주 매운 고추를 먹고, 뜨거운 샤워를 한 뒤 온몸에 오일을 발라 근육을 마사지하는 등 자신의 모든 감각을 새로운 방식으로 일깨우고자 했다.

당신도 이런 종류의 실험을 몇 가지 시도해 보고, 감각을 글로 표현하기를 권한다. 흩어진 점들을 이어 기억과 연결시키고, 새로움 속에서 방황하며, 각각의 감각적 경험에 언어를 부여하려고 노력해 보라.

자신의 몸과 접속하면 정보의 보고가 열린다.

당신의 풍부한 감각에 펜을 맡긴다면, 오랫동안 당신의 내부에 묻혀 있었던 이야기들에 접근할 수 있을지도 모른다.

시처럼 쓰는 연습

오감을 여는 연습부터 해보자. 지금 내가 있는 공간의 소리에 귀 기울여보고 눈앞에 보이는 것들을 천천히 살펴보자. 크게 숨을 들이마시며 냄새도 맡아보고 손에 닿는 물건의 촉감도 느껴보자. 그리고 자신의 반응을 글로 써보자.

글을 쓰고 나니 어떤 감정이 느껴지는가? 어떤 점이 어렵게 느껴지는가?
이런 감각적 경험들을 글에 적용하면 무엇이 달라질까?

시처럼 쓰는 연습
: 한 가지 이상의 감각 적용해 보기

    지속적으로 자신의 감각으로 되돌아가는 연습을 하기 위해, 앞으로 글을 쓸 때마다 최소 한 가지 이상의 감각을 언급해 보자.

    바닷가로 향하는 것에 대한 시를 썼는가? 감각적인 표현을 포함시키는 것을 잊지 마라. 엄마와의 전화 통화에 대해 썼는가? 엄마의 이야기를 듣는 것이 당신에게 어떤 느낌으로 다가오는지 깊이 파고들어 보라. 모든 시가 반드시 감각적인 부분을 다뤄야 하는 것은 아니지만, 감각을 활용하는 것은 당신이 전달하고자 하는 바를 그냥 말하지 않고, 직접적으로 보여줄 수 있는 아주 효과적인 방법이다.

필기체로 적힌 내 이름

그냥 내가 말했던 건
꽃을 보내주면 좋겠다는 것이었다.
우체통을 향해 내리막길을 달리며
땋은 머리를 풀었다.
말 세 마리가 길 건너 들판에 서 있었고,
갈색 등은 햇빛을 받아 황금색으로 빛났다.
그들을 바라보며 내 머리칼을 만지자
우리의 부드러운 온기가 섞였다.
우체통을 열어 붉은 장미가 붙어 있는
편지봉투를 발견했고,
내 이름이 봉투 앞면에
필기체로 적혀 있었다.
편지엔 아직 달콤한 향기가 은은히 남아 있어
나는 장미 꽃잎에 키스했다.
집으로 다시 올라오는 내내 웃음이 났고
까마귀들도 함께 낄낄거렸다.

시처럼 쓰는 연습

오감을 열고 오늘 하루 일과를 기록해 보자. 문장마다 최소 한 가지 이상의 감각을 언급하려고 노력하는 것이 중요하다.

시적 사고방식을 위한 TIP
: 감각과 인식을 예리하게 연마할 것

    자신의 감각에 접속하는 일은 전반적인 인식과 지각 능력을 향상하는 데 도움을 준다. 이런 관찰 능력의 향상은 당신이 시를 쓰는 도움을 줄 뿐만 아니라, 예리한 감각으로 우리를 둘러싼 세계에 주파수를 맞춤으로써 세상을 바라보는 시각을 넓혀준다. 감각들이 당신의 하루를 이끌도록 허락한다면, 스스로 인지하지도 못하는 사이에 당신의 몸과 마음이 꾸준히 몰입을 경험하고 있음을 깨닫게 될 것이다.

    감각적인 경험에 집중하라. 우리를 둘러싼 모든 소리, 냄새, 풍경, 맛, 느낌은 지루한 일상을 순식간에 경외의 순간으로 바꿀 수 있다. 우리가 이처럼 다양한 관능을 탐미

할 수 있는 능력을 타고났음을 인지하고, 온전히 깨어 있는 감각으로 하루를 살아가는 것은 상당히 치유적인 경험이다.

감각에 온 정신을 집중할 때, 우리의 의식은 확장되고 깨어 있으며, 우리 모두에게 언제나 열려 있는 놀라운 세계를 온몸으로 느낄 수 있다.

고통을 치유하는 글 쓰는 법

이 세대는 시가 세상을 구원해 주기를 요청하고 있다.

_로렌스 퍼링게티

시는 경외감을 공유하고 감각적인 경이로움으로 인도할 뿐 아니라, 우리가 고통에 직면할 때 자신의 고통을 드러내고 치유할 수 있도록 돕는다. 시를 읽거나 쓰는 것, 혹은 자신의 사고방식에 시적인 관점을 환기하는 것만으로 심리치료 효과가 있다. 우리는 시를 통해 너무 고통스러워 오래 머무를 수 없었던 지점들을 건드리고 트라우마의 감정을 세밀하게 살펴볼 수 있다. 그리고 이런 상처를 가진 사람이 나 혼자가 아니라는 사실을 마주한다.

마음이 아프고 화가 나는가?
당신을 위한 시가 있다.

여기 종이 위에 당신 내면의 불을 얼마든지 뜨겁게 태울 수 있는 장소가 있다. 당신의 감정을 글자로 드러내고 이해하기 위해 단어 하나하나를 소리 내어 말해 보길. 다 쓰고 나면 종이를 찢어버려라. 혹은 좀 더 마음이 치유된 후에 살펴볼 수 있도록 마음대로 휘갈긴 글을 봉투에 넣어 안전한 곳에 보관하라. 당신의 분노를 분출하고, 시를 분노를 담아두는 용기로 삼아라. 사랑하는 사람을 잃고 슬퍼하고 있는가? 고통을 흘려보낼 시를 써라.

당신은 그 슬픔의 압력을 감당할 수 없는 유리병과 같다.

당신의 슬픔이 필요로 하는 것은 오직 친절과 관대함이다.

슬픔을 극복하는 데 도움이 된다면

아무리 많은 친절과 관대함도 결코 지나치지 않다.

그리고 그 과정은 당신이 원하는 만큼

얼마든지 길게 늘일 수 있다.

그 사람의 아름다운 점이 무엇이었는지, 그가 당신에게 무엇을 가르쳐줬는지, 당신에게 무엇을 남겼는지, 그가 떠나고 없을 때 당신에게 어떤 일을 해달라고 부탁했는지 오래도록 기억하기 위해 시구를 외고 또 외라. 삶과 죽음, 상실과 공허, 고통을 명료하게 보여주는 시구들이 당신이 어둠 속을 헤맬 때 곁을 지켜줄 것이다. 설령 빛이 되어주지 못한다 하더라도, 빛을 향해가는 여정의 한 부분이 되어줄 수는 있다.

당신 없이

당신의 생일입니다.
내가 할 수 있는 일은
갓난아기 시절 당신의 모습이 담긴
이 사진을 보며 당신의 부모님을
생각하는 것이 전부입니다.
해맑은 기쁨이 가득한 표정,
내가 아는 당신의 그 눈동자로,
이 알 수 없는 삶을 향해 서슴없이 자신을 열어
보이는 한결같은 자유로움을 배웁니다.
당신 없이, 우리는
당신이 우리에게 남긴 세월을 축하하고,
이야깃거리가 넘쳐나는
한 줌의 시간을 추억합니다.
당신은 언제나 우리에게
기뻐할 이유를 주던 빛나는 사람이었고,
여전히 그러하며, 앞으로도 항상 그럴 것입니다.

당신이 있어야 할 다른 장소는 없다. 오직 이곳에서 길을 잃고, 애원하고, 시작하고, 질문하고, 탐색하고, 이 고난이 주는 진리를 기꺼이 받아들이면 된다. 그리고 당신이 혼자가 아니라는 사실을 기억하라.

내 삶이 견디기 어려워질 때면 스스로에게 이런 질문들을 한다. 왜 계속 가야 하는가? 왜 이곳에 머물러야 하는가? 어째서 인생은 살 만한 가치가 있다고 하는가? 우리가 속한 이 험난하고 이상한 현실은 도대체 무엇일까? 이 수수께끼 같은 탐구의 여정은 그 자체로 한 편의 시가 된다.

우리가 슬픔을 다스릴 때 시가 피어오른다. 느리지만 한결같은 현실의 노래들이 치유의 이름으로 우리를 붙잡아 준다.

산다는 것은 힘든 일이다

산다는 것은 힘든 일이다.
하지만 아름다움은 결코 사라지지 않으며,
언제나 어딘가에는 깊은 우물이 있고,
심지어 우리가 가진 게 아무것도 없고,
공허하고, 모든 게 끝났다고 느낄 때조차
조류는 계속 달에게 말을 걸고,
또 다른 가능성을 가리키고 있으며,
무한한 변화를 예고하고 있다.

시처럼 쓰는 연습

당신은 스스로를 위로할 때 어떤 언어들을 사용하는지? 왜 그 언어를 사용하는지 생각해 본 적 있는가? 그 언어들에 대해 조금 더 자세히 써보자.

만약 다른 사람을 위로한다면 어떤 언어들을 사용할까? 그 언어들을 기록해 두고 타인이나 자신에게 필요할 때 도움을 얻기를 바란다.

당신의 삶이 어떻게 달라지길 원하는지? 달라지기 원하는 모습을 모두 적어 보자. 그리고 소리 내어 읽어 보기를 바란다. 어떤 느낌이 드는가?

고통을 활용하는 연습
: 고통의 근원 찾기

고통을 추적하여 서서히 가장 깊은 상처로 거슬러 올라가 보자. 되돌아보면 커다란 상처가 위대한 깨달음과 성장의 원천이 되는 경우가 많았다. 나는 내 고통이 어디서 비롯됐는지 알아내고자 수년간 다양한 종류의 심리치료를 시도했고, 나의 호기심이 이러한 노력의 훌륭한 길잡이가 됐다. 나는 내가 왜 이런 사람이 됐는지 알고 싶었고, 나의 트라우마를 통해 나의 사고방식의 많은 부분을 알게 됐다.

당신은 당신의 고통이 어디에서 기인했는지 알고 있는가? 당신의 고통이 과거의 특정한 사건을 가리키고 있는가? 고통의 근원에 대해 그저 모호한 느낌, 어렴풋한 기억만 가지고 있지는 않은가? 당신은 당신의 상처를 온전히 이해하기 위해 무엇을 하고 있는가?

우리는 글을 쓰면서
고통이 생성되는 과정을
깊이 들여다보고,
고통의 원인과 작동방식을 알아낼 수 있다.
그러면 고통을 해체하는 과정도 시작할 수 있다.

나는 고통을 길잡이로 삼는 것을 좋아한다. 이 모든 고통이 어디서 시작됐는지 명상하면서 고통이 안내하는 대로 따라간다. 가장 강력한 감정을 느끼는 지점이 고통의 시작점이다. 관계의 실패로 인한 마음의 상처는 종종 슬픔을 시구로 표출할 수 있는 기회를 제공하지만, 내가 상처에 관련된 이야기를 전부 끄집어내어 직시하지 않으면 그런 기회가 찾아오지 않는다. 실패한 관계의 여러 양상들을 이해하려고 노력할 때, 비로소 나는 그 관계를 온전히 느낄 수 있고, 그 관계에 경의를 표할 수 있다.

나는 일기장에 글을 끄적이는 것으로 실패를 분석하

기 시작한다. 그러다 마음이 동하면 내가 이해한 내용들의 핵심을 추려내어 시의 형태로 도출할 때도 있다. 나는 최근에 시집을 한 권 썼다. 이 책은 내 유년시절의 트라우마가 무엇인지부터 시작한다. 그리고 그것이 내가 성인이 된 이후의 인간관계에 어떤 영향을 미쳤는지, 또한 내가 성장할 수 있게 도와줬던 치유의 방법들은 무엇인지에 초점을 맞추고 있다.

이 책을 쓰는 과정은 유난히 힘들었지만, 책을 다 쓰고 난 뒤에는 석탄을 금으로 바꾼 것 같은 기분이 들었다. 내 안의 커튼을 열어젖혀 빛이 제 역할을 할 수 있게 허락한 것이다. 이제는 이 작업이 나의 내면에 미친 영향뿐만 아니라, 다른 사람들과 공유하는 일이 중요하다는 사실 또한 깨닫게 되었다. 나의 언어가 다른 사람들의 개인적인 치유를 돕는 열쇠의 역할을 하는 것을 목격했기 때문이다. 시를 쓰는 과정 없이는 결코 도달할 수 없었을 정직함과 새로움에 이를 수 있었다.

당신도 할 수만 있다면 당신의 트라우마를 다루는 어려운 작업에 도전해 볼 것을 강력히 추천한다. 자신이 비난의 영역에 들어서는 것을 허락하라. 어쩌면 비난을 넘어 용서를 향해 나아갈 수 있을지도 모른다.

> 그 과정이 고통스러울지 모르지만,
> 당신은 고통을 글로 쓸 수 있고,
> 고통이 제시하는 시를 발견할 수 있다.

눈을 감고 당신의 숨겨진 아픔에 대해 명상하라. 나는 유년시절부터 시작하는 것을 좋아한다. 내게는 그것이 필요하다고 생각하기 때문이고, 당신은 인생의 어느 시점부터 시작해도 상관없다. 당신의 불편한 감정이 어떤 이미지로 남아 있는지 확인할 수 있는가? 당신의 슬픔과 상실을 언어로 표현할 수 있는가? 누가 당신을 아프게 했는가? 그들의 유년시절은 어땠는가? 그들은 왜 그런 일을 했는가?

살아 있음의 고통을 활용하라. 당신을 아프게 한 경험이 무엇이든, 그 경험의 보편성을 인지하고, 비슷한 경험 속에서 살아남은 다른 사람들과의 연결에 집중하라. 나의 상처와 나란히 앉으면 자신의 회복력을 발견할 수 있다. 자신의 회복력을 발견하면 그 자리에 더 머물고 싶어지고, 상처가 남긴 교훈을 그러모아 나만의 창작물로 남기고 싶어진다.

모든 시는 이런 치유의 작업을 하고,

성찰의 기회를 제공하고,

새로움과 가능성을 제시한다.

시처럼 쓰는 연습
: 치유의 시를 쓰는 방법

　나는 포엠 스토어 프로젝트를 진행하면서 인류에 만연한 고통들을 목격할 수 있었다. 우리는 모두 상실과 불만족, 잔인함과 증오로 고통받고 있기 때문에 누군가 우리의 고통을 위한 공간을 만들어 줄 때 그곳에서 위안을 찾는다. 나는 슬픈 주제로 즉흥시를 지을 때마다 슬픔을 위한 공간을 만든다. 내가 창조한 모든 시의 구절들은 내가 그들을 보았고, 들었으며, 그들의 고군분투를 인정하고, 사려 깊고 열린 태도로 반응하고 있음을 보여준다. 우리 모두는 시를 통해 내가 다른 사람들에게 했던 것과 동일한 일들을 자기 자신에게 해줄 수 있다.

　어떻게 시가 치유의 힘을 가질 수 있을까? 당신의 고통이 어떻게 자신을 긍정적으로 변화시키는 자극제가 되었는지에 대해 써라. 나 자신을 별로 사랑스러운 사람이 아니라고 여기는 마음은 오랫동안 나를 괴롭게 했다. 그래서 친구나 연인에게 이런 나의 어두움을 솔직하게 고백했다. 주변 사람들과 깊이 있는 관계를 만들고 충분히 대화하며 치유의 과정을 거쳤다.

어두움의 자리에서 배움을 얻어라.

당신이 인생의 지독한 아픔들에 대응하면서 어떤 교훈을 얻었는지, 어떻게 성장했는지 자세히 묘사해 보라. 나는 내 유년시절의 트라우마가 현재의 인간관계에 영향을 미치고 있다는 것을 깨달았다. 그 덕분에 스스로 혹독하게 비난했을 나 자신의 모습과 행동에 연민을 가질 수 있었다. 그리고 이런 연민의 감정이 내가 속도를 늦추고, 내게 필요한 것을 명확하게 전달할 수 있도록 도와주었다.

당신이 고통과 더불어 살아가고, 치유의 여정을 걸어가는 모습을 그려보라. 나는 친한 친구를 마약과 술로 잃은 후, 슬픔을 우리를 이어주는 연결고리이자, 다른 사람

을 도울 수 있게 해주는, 나와 평생 함께하는 존재로 바라
보게 됐다.

슬픔을 가볍거나 무거운 모든 사물에 비유해 보자. 당
신의 슬픔은 태양처럼 뜨거운가? 가슴 위에 무거운 철판
을 올려놓은 것 같은가? 나는 내 슬픔을 시각화할 때면,
내 가슴이 가운데 구멍이 난 채 다 타버린 잿빛 장미처럼
보인다.

하지만 치유의 작업을 수행하고 나의 감정을 글로 쓰
다 보면 그 장미는 서서히 형태를 바꾼다. 내가 얼마나 의
지를 갖고 돌보느냐에 따라 다 타버렸던 장미도 다시 피
어날 수 있다.

마음의 노래 II

나는 백로다.
매끄러운 동작으로 날개를
활짝 펴고 하늘 높이 떠 있다.

나는 생강 뿌리다.

흙에서 파낸 짙은 향취는

어둠 속에서 형성되었다.

내 마음을 바라보면

숯으로 만든

장미 한 송이.

꽃송이 한가운데

구멍은 어둡고

꽃잎들은 시든다.

그러나 나는 깃털을 펼치고

불길 속으로 몸을 던진다.

내가 기억하는 그 불 속으로.

장미는 철이 있다.

보라, 이제 장미는 다시 커졌고

순수한 빨강을 뿜내며 이 작은 가슴에서 노래한다.

우리는 고통을 외면할 운명이 아니다. 고통은 위대한 지혜를 얻기 위한 촉매제와 같다. 우리는 성장하고, 좀 더 나은 존재가 될 운명이다. 우리의 몸이 재생하듯 우리의 마음도 재생한다. 우리는 스스로 치유할 수 있고 변화할 수 있다. 이것이 존재의 진리이므로, 우리의 시도 치유의 도구로서 충분한 역할을 할 수 있다. 한 가지 상태에서 다음 상태로 나아가는 것이 어떤 모습인지 바라보라. 시는 우리 모두에게 회복의 길로 들어서는 방법을 알려주는 도구가 되어줄 것이다.

시처럼 쓰는 연습

내 책장에 있는 모든 책은 귀퉁이를 접거나, 밑줄을 쳐서 내게 중요한 부분들을 표시해 두었기 때문에 위로가 필요한 순간마다 바로 꺼내 읽을 수 있다. 그 구절들은 삶이 모든 사람에게 정말로 힘든 일이라는 진리를 깨우쳐준다. 어떻게 하면 시적인 방식으로 스스로를 치유하고 성장할 수 있을까? 과거에 당신을 위로해 줬던 시나 노랫말의 구절을 적는 것부터 시작해 보자.

시적 사고방식을 위한 TIP
: 고통은 성장을 위한 씨앗

자신의 모든 고통을 시로 담기엔 버겁다고 느껴질 때, 잊지 말아야 할 것이 있다. 당신의 고통은 성장의 씨앗이 된다. 최악의 고통에서 새로움의 선물이 온다. 마음의 고통은 내면의 변화를 부른다. 그리고 우리는 이런 변화의 과정에서 멈추지 않고, 고통 뒤에 다가온 새로움에 감사하며 포용하는 걸 선택할 수 있다.

의심이 들 때는 "고통은 씨앗이다. 고통은 씨앗이다. 새로움이 오고 있다. 새로움이 오고 있다."라고 되뇌는 것도 좋은 방법이다. 그리고 이 생각은 결코 틀리지 않다. 새로움이 당신에게 뿌리를 내리는 데 얼마나 걸릴지는 모르지만, 새로움은 반드시 온다.

기억을 활용해서 글 쓰는 법

연인, 패배자, 붉은 장미와 돼지풀,

이것들이 내가 시간의 하얀 껍질 위에 남긴 흔적들이다.

_ 마지 피어시

나는 내 과거를 알기 때문에 나 자신, 나의 정체성, 나의 신념을 어떻게 규정해야 하는지 알고 있다. 나는 이러한 이해를 바탕으로 반복되는 패턴들과 지속적으로 떠오르는 개념들을 발견해 왔고, 그것들은 언제나 내게 호기심과 영감을 불러일으켰다. 나는 무엇이 나를 흥분시키는지, 무엇이 내게 질문을 던지고 깊이 파헤치고 싶어지게 하는지 알고 있다.

나 자신을 아는 것은
내가 행복을 찾는 데 도움이 될 뿐 아니라,
글감을 찾는 데도 도움이 된다.

이것은 우리의 유년시절에 많은 것들이 형성된다는 생각과 연결되어 있다. 일차원적이고 고리타분한 생각처럼 보일지 모르지만, 모든 것은 결국 과거로 거슬러 올라간다는 사실을 부인하기는 어렵다. 심리치료에서 종종 이런 사실이 증명된다. 우리는 자신에게 무슨 일이 일어난 건지, 무엇이 우리를 이토록 두렵고 화나게 만들었는지 밝혀내기 위해 과거의 오솔길을 걸어야 한다. 당신은 어린 시절에 어떤 삶의 규칙들을 습득하여 마음의 중심에 단단히 묶어뒀는가? 왜 당신에게 그런 일들이 생겼을까? 원인과 결과를 분석할 수 있는가? 당신이 지금과 같은 행동방식을 갖게 된 이유가 무엇일까? 당신의 현재 성격은 과거의 다양한 측면과 연결되어 있다. 이런 연결고리들을 인지하고 있는가, 아니면 여전히 미궁 속을 헤매고 있는가?

이 작업은 긍정적인 기억을 많이 다룬다. 예를 들어, 나는 왜 호밀 흑빵을 좋아할까? 어렸을 때 할머니가 호밀 흑빵에 버터를 두껍게 발라서 주곤 했기 때문이다. 나는 왜 농업에 이토록 마음이 끌리는 걸까? 부모님이 나를 농장 캠프에 보내줬고, 거기서 동물을 보살피고 채소를 기르는 방법을 배웠기 때문이다. 어떻게 나는 잘 모르는 사람들과 금방 깊은 대화를 시작할 수 있을까? 어린 시절, 할아버지가 식료품점 앞에서 낯선 사람들과 거리낌 없이 속 깊은 대화를 나누는 모습을 매주 봤었기 때문이다.

이처럼 달콤한 추억을 통해 자신을 이해하기도 하지만, 기억을 통해 자기 자신을 이해하는 탐색의 여정에는 좀 더 어려운 측면들도 존재한다. 나는 심리치료를 통해, 그리고 시 쓰기를 통해 해답을 찾을 수 있었다. 내가 특정한 행동을 지속해 온 이유가 과거의 어느 장소에서 부모님이 내게 준 잘못된 정보 때문이었다는 사실을 알게 된 후로, 더는 같은 패턴에 빠져들 필요가 없다는 걸 깨달았다. 그 후로 그 부분을 흘려보낼 수 있었다.

하지만 애초에 과거를 깊이 들여다볼 생각을 하지 않았다면, 결코 원인을 찾아낼 수 없었을 것이고, 따라서 내 미래에까지 영향을 미쳤으리라. 나는 내가 사랑스러운 존재라는 사실을 믿기 위해 몹시 애를 쓴다. 많은 사람들로부터 과도할 만큼 사랑받은 사람으로서, 내가 왜 이런 생각을 갖고 있는지 혼란스러울 수도 있다.

내 과거를 되돌아보면, 특히 나의 유년시절을 돌아보면, 내가 왜 스스로를 사랑받지 못하는 존재라고 믿게 됐는지 그 근원을 분명히 알 수 있다. 내 어머니는 내게 여러 차례, 여러 가지 방식으로 나에 대한 애정이 부족하다고 표현했다. 아버지도 마찬가지였다. 나는 이 유년시절의 상처를 치유하려고 무진 애를 썼다.

하지만 이런 종류의 상처는 쉽게 사라지지 않는다. 대신 이 상처들은 기꺼이 글의 재료가 되어 주었고, 나는 이를 시로 승화시키며 스스로 치유할 수 있었다.

과거로 돌아가서 기억을 되살리는 일은 그리 기분 좋은 경험이 아니다.

그럼에도 해야 하는 이유는 과거에는 현재의 인간관계와 생각 패턴에 영향을 미치는 요인들이 숨어 있는 경우가 많기 때문이다. 우리가 과거를 되돌아보지 않는다면 무엇을 흘려보내고, 무엇을 붙잡을지 어떻게 결정할 수 있겠는가? 어떤 과거의 일 때문에 생긴 성격적 특징은 없는가? 그것을 자세히 들여다본다면, 더는 쓸모가 없다는 사실을 깨닫고 그냥 흘려보낼 수 있지 않을까? 왜 지금과 같은 행동방식을 갖게 됐을까?

과거를 돌아보면 도움을 받을 수 있다. 과거는 자신의 습관들을 보여주고, 자신의 몸과 마음이 무엇에 사로잡혀 있는지 상기시킨다. 과거의 기억을 되짚어보는 일은 우리를 복잡한 자아의 퍼즐을 맞춰가는 여정으로 안내할 것이다. 이 퍼즐이 곧 시다.

왜 과거를 들여다봐야 하는가? 과거를 지도 삼아 내 삶의 연대기를 기록해야 하는 이유는 무엇인가? 그 결과물이 우리를 깨달음의 빛으로 가득 채워주기 때문이다. 이

제 나는 현재의 내 모습에서 지난 세월의 그림자를 볼 수 있고, 지금의 나를 이루고 있는 모든 것들을 좀 더 합리적으로 이해할 수 있다.

사랑의 과제

연인, 친구, 가족,
내가 이번 생을 함께 나누는
사람들이여,
부디 내게 깊은 상처가 있음을
매 순간 기억해 주시기를,
그래서 유약한 짐승 같은
내 행동들이 그저 당신의 연민을
불러일으키는 신호가 되기를.
당신에게 쏘아대고
흐느끼며 말하는 이 상처가
내 연약한 자아를 드러냅니다.
당신이 이런 내 모습을
말없이 덮어 주고
사랑해 줄 때마다
나는 점점 더 치유됩니다.

기억을 활용하는 연습
: 자신이 했던 일들을 떠올리고 기록하기

　빈 종이나 공책을 가지고 와서 자리를 잡고 앉아 보자. 이 책의 빈 공간을 사용해도 좋다. 적어도 두 번 이상 이런 연습을 하는 시간을 가져볼 것을 권한다. 때로는 과거를 되돌아보는 일에 많은 에너지가 소모된다. 그러니 스스로를 부드럽게 대해 주길.

　적절한 시기에 과거를 되돌아보면, 현재의 순간을 설명해 줄 수 있는 성취와 경험들을 파악할 수 있다. 먼저 다음의 질문들에 대답하는 것부터 시작하자.

　당신이 했던 모든 일을 떠올리다 보면 끝없는 목록이 이어질 것이고, 그 모든 것이 모여 당신이 얼마나 흥미롭고 다사다난한 인생을 살아왔는지 알게 될 것이다. 평범한 대답도 충분히 의미 있는 대답이 될 수 있다. 또한 이 질문들에 대답하고 나면 상당한 양의 글감을 수집할 수 있을 것이다.

시처럼 쓰는 연습

당신은 '과거'라는 단어를 읽을 때 어떤 감정이 떠오르는가?

그동안 살면서 당신의 삶에 변화를 일으킨 사건이 있었다면 기록해보자.

당신이 살면서 한 일들 중에 자랑스럽게 생각하는 일은 무엇인가?

그 일은 당신의 삶에 어떤 영향을 주었다고 생각하는가?

당신이 그동안 거쳐온 직업들을 모두 적어보자.

지금까지 해온 일들 중 성취감을 준 직업은 무엇인가?

책 읽기를 좋아한다면 그 이유를 써보자.

그동안 읽은 책들 중 떠오르는 책 제목들이 있다면 적어보자.

살면서 꼭 지키고 싶은 신념이 있다면 써보자.

어떤 이유 때문에 그러한 신념을 가지게 되었는가?

누군가와 깊이 사랑에 빠져본 적 있는지?

고민을 털어놓을 수 있는 오랜 친구가 있는가?

오래도록 기억에 남아있는 '아름다운 풍경'이 있다면 써보자.

인생에서 가장 '힘들었던 순간'을 써보자.

나는 오토바이 타는 법,

낚시, 스노클링,

자동차 운전을 배웠다.

나는 시학 학위를 받았고

인류학 부전공 학위도 받았다.

나는 바다, 호수, 강, 개울,

싱크홀에서 수영을 했다.

나는 사슬톱, 못 박는 기계,

글루건, 엽총, 쇠스랑을 사용해 봤다.

나는 옷, 케이크,

파이, 노래, 영상을 만들어 봤다.

나는 식탁을 날랐고, 서빙을 했고,

농장과 목장에서 일했고,

염소와 야생마를 돌봤고,

습지를 복원하기 위해

씨앗을 수확했다.

나는 오븐, 장작 난로, 토스터기,

화덕, 전자레인지를 사용해 봤다.

나는 춤을 췄고,

밴드에서 음악을 연주했고,

요가를 했고, 영화를 봤고, 등산을 했다.

나는 자동차, 오토바이, 온실, 닭장,

그리고 책의 장정을 고쳐 봤다.

나는 도시에, 사막에 살아봤고,

다른 사람과 집을 바꿔본 적도 있고,

섬에도, 숲에도 살아 봤다.

나는 별 아래에서, 캠핑용 침대에서,

요트 위에서, 바닥에서, 차 안에서,

킹사이즈 물침대에서 잠을 잤다.

시처럼 쓰는 연습
: 나만의 연표 만들기

나는 항상 과거는 지도라고 말한다. 우리가 어디에 있었고, 무엇을 했고, 우리가 누구인지 보여주는 자료들의 집합체이기 때문이다.

나는 기억을 이용해 존재에 대한 시적인 사고를 하는 과정 중에 이 부분을 가장 좋아한다. 나는 이따금 과거를 되돌아보고 '내가 태어나서 한 일이 이것뿐일지라도, 이것만으로 충분하다'고 느끼게 해주는 것들을 찾기로 결심했다.

이제껏 내가 한 일들 중에서 나를 감사하는 마음으로 가득 채워주는 일들 열 가지를 목록으로 만들었다. 나는 자동차로 미국을 열 번 이상 횡단했고, 다시는 볼 일 없는 낯선 사람들에게 수천 편의 시를 써주었다. 그리고 필로폰 중독으로 힘들어하는 친구를 지원했다. 이 경험들을 공책에 적고, 조그만 그래프와 지도를 만들기 시작했다.

현실의 경이로움은 과거부터 현재까지 우리의 행동 안에 원인이 있다. 이 연표가 곧 한 편의 시다.

시처럼 쓰는 연습

지금까지 인생을 살아오는 동안, 내가 한 일 중에서 나를 감사하는 마음으로 가득 채워 주는 일 열 가지를 써보자. 태어난 날, 대학에 입학한 날, 자녀가 태어난 날 등 인생의 어떤 시점부터 시작해도 괜찮다. 날짜를 꼭 적지 않아도 된다. 살아오면서 오래 기억하고 싶고 중요하다고 느꼈던 일들을 메모해 보자.

☐ _____

☐ _____

☐ _____

☐ _____

☐ _____

☐ _____

☐ _____

☐ _____

☐ _____

☐ _____

시적 사고방식을 위한 TIP
: 과거에 감사하는 법 배우기

수많은 작은 일들이 모여 우리의 존재를 만들었다. 우리는 세상에 태어나 첫 숨을 내쉰 바로 다음 순간부터 크고 작은 사건들을 견뎌내야 한다. 진실은 이처럼 단순하고 명료하다.

매번 나의 과거를 되돌아볼 때마다 내가 얼마나 충만한 삶을 살아왔는지 다시금 깨닫는다. 모든 고난과 과거의 기억에 얽힌 상처와 트라우마에도 불구하고, 여전히 내 삶 가운데 흘러넘치는 기쁨을 보고, 이토록 많은 것을 경험했음에 감사하는 마음을 갖게 된다.

글쓰기를 통해 과거를 두드리는 것은 현재에 감사하기

위한 방법 중 하나다. 만약 우리가 현재 자신의 모습을 있는 그대로 인정할 수 있다면, 자신의 자아를 존중할 수 있고, 우리의 내적 목소리를 충만함을 담은 글로 표현할 수 있을 것이다.

기쁨을 발견해 글 쓰는 법

시인의 기교는 무정부적인 기쁨에 기여한다.

_어슐러 르 귄

내가 포엠 스토어 고객들에게 써준 시들은 본질적으로 낙관적인 시선을 담고 있다. 의도적으로 긍정적인 시를 써줬다는 말이 아니다. 단지 내가 낯선 사람들을 위해 즉흥시를 쓸 때 그들에게 전달한 것은 시의 내용과 관계없이 빛에 속한 것이라는 의미이다. 이런 희망적인 태도는 고객이 종종 내비치는 어둠과 고통을 배제하는 것이 아니라, 그럼에도 불구하고 선한 것이 존재한다는 사실을 상기시키는 것이다.

때로는 그 선함이 교훈이 되어, 아무리 끔찍한 일도 영원히 계속되진 않는다는 현실을 깨우쳐 준다. 우리가 고통스럽고 끔찍한 일들을 이겨내려고 노력하고 변화를 위한 시간을 허락한다면, 분명 변화는 일어날 것이다. 이 모든 사실을 인정하면, 그곳에 기쁨이 있다. 시는 약이 될 수 있다. 소망이 없는 시대에는 한 줄기 빛이 소중한 위안이 되고, 우리 모두는 그런 위안을 찾아 헤맨다.

시는 우리가 즐거운 일을 축하하는 데 도움을 준다. 우리가 고통과 혼란의 소용돌이 속에서도 살아가기 위해서는 감사한 일들에 마음을 집중해야 한다. 그리고 그것들을 언어로 찬미하는 방법을 익혀야 한다.

시는 찬미의 한 형태이다.

우리는 시를 쓰는 행위를 통해서 스스로를 보살피고 삶의 기회를 최대한 활용할 수 있다. 또한 삶 속에서 느끼는 기쁨을 적극적으로 표현하는 삶을 살 수 있다.

살아 있는 것의 기쁨

새벽에 일어나 창문에서

떠오르는 반달을 보니,

해가 뜬 것처럼 밝다.

노래하는 것 말고 무엇을 할까?

현관에 서니 노래가 저절로 흘러나오고,

모든 영광은 빛나는

초록, 회색, 파랑의 풍경에 돌린다.

이보다 좋은 것이 뭐가 있을까?

낡은 양털 담요가 우리의

온기를 지켜준다.

풀밭에는 아직 피지 않은 분홍 꽃들.

나는 안개가 흰 빛을 삼킬 때,

이슬이 맺혀 반짝이는

사과나무를 바라본다.

기쁨을 위한 연습
: 기쁨의 의식 만들기

일상 속 기쁨의 찰나를 알아차리기 위해서는 연습이
필요하다. 이것을 반복되는 일과로, 기쁨을 가꾸기 위한
의식으로 만들어 보자.

우리가 더 많은 기쁨을 느낄수록 그 기쁨을 다른 사람
에게 확장시킬 수 있는 기회도 더 많이 찾아온다. 잠에서
깨어나 또다시 빛나는 태양을 마주했다! 이 생각이 그날
하루의 첫 번째 시가 된다. 당신은 친절한 여인의 사랑을
받고 있고, 그녀는 사랑스러운 목소리로 노래한다. 그녀
가 얼마나 좋은 사람인지 써보라.

사람들은 결혼을 할 때 서로에 대한 헌신과 굳은 약속
인 담긴 시적인 서약을 쓴다. 대학을 졸업할 때도 시적인

구절로 졸업생들을 격려한다. 우리가 기쁨을 맞닥뜨릴 때 시를 찾는 것은 자연스러운 일이다.

머릿속에 어떤 구절을 떠올리든, 지면 위에 글로 적든, 살아 있음에 경의를 표할 수만 있다면 어떤 방식이라도 좋다. 각자의 상황에서 기쁨을 온전히 누릴 수 있도록 당신의 글쓰기에 기쁨을 더하는 것을 잊지 말기를 바란다.

우리는 기쁨을 찾습니다

기쁨은

자아를 온전히

이해하고 받아들이는

영원한 열쇠입니다.

그러므로 기쁨이 떠나면,

우리는 압니다.

다시 깊은 곳을

파헤쳐야 한다는 것을.

다음 기쁨의 찰나를

발견할 때까지.

시처럼 쓰는 연습

일상 속에 숨어 있는 기쁨을 발견하기 위해서는 연습이 필요하다. 먼저 내가
좋아하는 것들에 대한 목록부터 써보자. 사람도 물건도 날씨도 좋다. 사소한
것부터 거대한 것까지 제한을 두지 말고 자유롭게 생각해 보기를 권한다.

- [ ] _____

- [ ] _____

- [ ] _____

- [ ] _____

- [ ] _____

- [ ] _____

- [ ] _____

- [ ] _____

- [ ] _____

시처럼 쓰는 연습
: 기쁨을 주는 대상에 대한 글쓰기

기쁨의 순간들이 쉽게 찾아오지 않을 때를 대비하여 그 감정들을 써볼 것을 권한다.

당신이 하는 일이 당신을 행복하게 해준다는 사실을 되새길 필요가 있는가? 그렇다면 일이 자신을 행복하게 해주는 이유에 대해 써보면 된다. 아이스크림에 대해, 당신을 웃게 만드는 텔레비전 프로그램에 대해, 아버지의 미소와 함께 눈가에 번지는 주름에 대해, 당신이 기르는 고양이가 풀밭에서 자유롭게 노는 모습에 대해 써보자. 무엇이든 당신에게 기쁨을 주는 것이라면 몇 줄의 감사의 말을 쓸 만한 가치가 있다.

종종 다른 사람들이 나의 시가 되기도 한다. 그들이 내게 주는 사랑은 내 삶의 충만한 기쁨이다.

내게 있어 칭찬의 기술은 시적인 것이다. 누군가가 당신에게 황홀한 감정을 느끼게 해주었다면, 근사한 칭찬의 말을 생각해내고, 사랑하는 사람에 대한 시를 써서 당신의 기쁨을 마음껏 표현해 보자.

시처럼 쓰는 연습

당신을 기쁘게 해주는 존재가 있는지? 사랑하는 연인이나 친구, 가족 중 한 사람, 반려동물이 될 수도 있다. 어떤 말이든 좋다. 전하고 싶은 말을 글로 써 보자.

시적 사고방식을 위한 TIP
: 어디서나 기쁨을 찾을 것

　보통의 날들 속에는 우리를 기쁘게 하는 힌트들이 숨어 있다. 그 힌트를 찾아내는 것은 전적으로 당신의 몫이다. 지평선 위에 떠 있는 작은 구름 조각이나 버스에서 만난 낯선 사람이 건넨 친절한 말 한마디처럼 사소한 것들이 한 방울의 기쁨이 되며, 그것이 당신의 마음에 시가 피어나는 데 필요한 전부이다.

　이런 종류의 영감을 불붙이는 방법 중 하나는 자신이 좋아하는 것들의 목록을 만드는 것이다. 일상 속의 아름다운 단면들, 하루를 빛내준 작은 사건들, 나의 관점을 변화시켜 세상에는 즐거운 삶을 만들어갈 수 있는 요소가 수없이 많다는 사실을 깨우쳐 주는 일들의 목록을 써보는 것이다. 부드러운 면 침구, 잘 익은 살구, 교통체증에 시달릴 때 라디오에서 들려오는 가장 좋아하는 노래. 아주 사소한 것부터 기념비적인 축하의 순간에 이르기까지 이 모든 것이 모여 내게 만족감을 준다.

글쓰기를 위한 안정감 찾는 법

내 안에서 끓어넘치는 말들,

사리사리 얽혀 있는 가능성.

_ 마거릿 애트우드

혼란스럽고 어디로 가야 할지 모를 때, 새로워지고 싶지만 아무것도 와 닿지 않을 때, 나는 시를 쓴다. 횡설수설하는 구절들로 공책을 가득 채운다. 시를 쓰면서 자신의 길을 되찾은 시인들의 작품을 찾아 읽는다. 산다는 것은 몹시 복잡한 일이라는 사실에 무한한 공감과 연민을 느끼며 내가 가진 생각들과 선택지들을 찬찬히 걸러낸다.

그리고 매일 아침저녁으로 안정을 찾기 위해 자리를 잡고 앉는다. 양초에 불을 붙이고, 향기 나는 식물을 태우고, 노래하거나 흥얼거리며, 일기를 쓰고, 질문을 던지고, 주변의 침묵에 귀를 기울이며, 내 마음을 깊이 들여다본다. 수년간 이 의식을 실천해 왔다. 여행을 가서도 이 의식을 빠뜨리지 않았다. 이런 시간들이 내가 일관성 있는 방향으로 나아갈 수 있게 도와준다. 뭔가 명료해지지 않으면 내 목적을 다시 규정하고, 내가 여기 지구에 존재하는 목적을 더 예리하게 다듬어야겠다는 생각을 한다. 또한 무엇이 나를 가장 감동시키는지 떠올리면, 그곳에는 항상 어떤 형태의 시가 있다.

자신과 사랑에 빠지는 방법

두 개의 촛불 앞에 앉으라.

눈 하나에 촛불 하나

초를 켜고 불꽃이 천천히 심지를

태우는 모습을 지켜보라.

뜨거운 긍정의 물결 되어

공기 중으로 거슬러 올라가는 모습을.

이제, 각각의 불꽃을 당신 머리 위

왕관에 불어넣으라.

거기엔 원소들이

들어갈 수 있는 구멍이 있다.

눈을 감고 이 빛나는 선물이

당신의 온몸을 지나게 하라,

천천히 아래로 내려가게 하라,

영롱한 꿀 한 방울처럼.

당신이 어떻게 넘쳐흐르는지 보이는가?

당신이 어떻게 마법을 부리는지 보이는가?

그 따뜻함은 빨강이다.

하양, 주황, 파랑, 초록이다.

그것이 당신의 모든 부분을 만지고

꼬리뼈가 꿈틀대기 시작할 때,

당신이 나무가 될 때,

당신은 이토록 쉽게 타오르는

자신을 완전히 사랑하게 될 것이다.

명료함과 안정감을
찾는 연습

우리가 스스로를 보살피기로 마음먹고, 실제로 보살필 줄 알게 될 때, 창조성의 새로운 가능성을 활짝 열 수 있다. 당신 자신과 당신의 시적 목소리에 가장 적합한 의식을 만드는 것은 전적으로 당신에게 달려 있다. 여기에 내가 가장 좋아하는 글쓰기를 위한 명료함과 안정감을 찾는 방법들을 몇 가지 소개해 보겠다.

자기만의 방

할 수 있는 모든 방법을 동원하여 자신만의 글쓰기 공간을 마련해 보자. 온전한 당신만의 공간이 될 수 있다면, 집 안의 한 모퉁이도 좋고, 문을 닫고 자신의 생각에 빠져들 수 있는 방도 좋다. 홀로 있는 것은 시 쓰기 실습에서 많은 부분을 차지한다.

나는 최소한 일 년에 한 번 스스로에게 피정의 시간을 준다. 집을 벗어나 어딘가 특별한 곳에서 시간을 보낸다. 주말 이틀만이라도 어딘가로 떠나서 글을 쓰고, 생각하고, 그냥 그곳에서 머문다. 내가 쓴 것 중 가장 훌륭한 글들은 대부분 이 피정의 기간에 나왔다. 일기를 죽 훑어보고, 내 목소리를 듣고, 시를 한 구절 한 구절 소리 내어 읽는다. 그 누구도 나를 방해하지 않는다는 사실을 인지할 때 나온다.

피정에서 자신의 리듬을 찾기까지 다소 시간이 걸릴 수도 있다. 나는 시작이 느린 편이라 적응하는 데 많은 시간이 필요하다. 나의 특성을 이해하는 것이 내가 얼마나 떠나 있을지 계획하는 데 도움이 된다. 또한 내가 흐름을 찾을 동안 스스로를 관대하게 대할 수 있도록 도와준다. 하지만 일단 흐름을 찾으면 글이 빠르게 흘러나오고 아무 것에도 방해받지 않는다. 당신은 오랜 시간 떠나 있을 여유가 없어서 서둘러 자신의 리듬을 만들어야 할지도 모른다. 어쩌면 몇 문장밖에 건지지 못할 수도 있다.

나는 항상 글의 양이 중요한 것이 아니라, 자신의 목소리에 온전히 집중하는 시간을 보내는 것이 중요하다는 사실을 되새긴다. 온전히 집중할 수 있는 공간을 갖는 것은 시 쓰기 실습에서 필수적인 요소이다.

시인은 걷기를 사랑한다

내가 좋아하는 수많은 작가들이 걷기의 중요성에 대해 이야기한다. 헨리 데이비드 소로는 아예 걷기에 대한 책을 썼고, 메리 올리버는 걷기가 자신의 글쓰기에서 중요한 부분을 차지하는 이유와 방식에 대해 자주 언급했다. 내게는 걸으면서 보내는 시간들이 막혀 있는 생각의 흐름을 원활하게 해주고, 더는 진행되지 않는 아이디어들을 발전시키는 데 도움이 된다. 나는 걸을 때 항상 공책을 들고 다닌다. 걷는 동작이 새로움을 불러낸다는 것을 알기 때문이다. 혈액과 호흡의 흐름이 활발해지면 마음이 저절로 차분해져서 나를 둘러싼 모든 것의 목소리가 훨씬 더 선명하게 들린다. 그냥 밖에 나와서 나무를 쳐다보고, 신발과 양말을 벗고 맨발로 땅을 밟아보는 것만으로도 도움이 된다.

하지만 무엇보다도 걷고 있을 때 남다른 평온함을 느낀다. 걷고 있을 때 세상은 내게 놀라운 방식으로 말을 걸어온다. 그래서 나의 수많은 시와 노래는 내가 걷고 있을 때 찾아왔다.

우체통으로 걸어가는 길

나는 뭔가 우편을 보내고 싶을 때면,

언덕을 걸어 내려간다.

교차로에서 파란통에 봉투들을

밀어 넣고 다시 올라오기 위해 돌아선다.

나는 개 몇 마리, 흙 마당,

벤자민 고무나무가 서 있는 골목,

시멘트 담 너머로 보이는

매년 더 크게 자라는 선인장을 지난다.

기름에 절은 콘크리트 두 칸을 뛰어넘어

경주용 차를 손보고 있는 남자들에게 손을 흔든다.

수탉을 기르는 공터,

애교 많은 삼색 얼룩 고양이가 기다리는 진입로,

벌들이 모이는 커다란 로즈마리 덤불,

일렬로 늘어선 거대한 자카란다 나무들과

풍성한 대나무 군락이 있다.

나는 숨을 쉬고 발을 움직인다.

내게 주어진 과제는 이토록 간단하다.

이 부분을 '시인은 움직일 필요가 있다'고 이름 붙일 수도 있을 것이다. 나는 열려 있고 맑은 정신을 유지하려면 자신의 몸을 어떻게 돌봐야 하는지에 관해 할 이야기가 많다. 나는 스트레칭도 자주 하고, 충분히 호흡하고, 수영도 하면서 몸의 근육을 깨우고, 척추도 잘 관리한다. 그냥 가만히 앉아서 최상의 컨디션을 기대할 수는 없다. 우리 몸 안에 피가 잘 흘러야 시도 잘 흘러갈 수 있다.

내면 깊은 곳까지 파고드는 시간

나는 글쓰기와 걷기를 위한 공간과 시간을 따로 마련하는 것처럼 적막을 위한 여백도 마련한다. 눈을 감고 명상의 상태에 빠지면 내 마음속 환영들이 휘몰아치는 것을 발견한다. 깊은 명상으로 빠져들면 시에 풍요로움을 선사하는 환영들을 발견할 수 있다. 좋은 시를 창조하기 위해서는 표면적인 생각들에 기대선 안 된다. 자신만의 고유한 통찰이 머무는 잠재의식까지 깊이 파고들어야 한다. 깊은 잠재의식에서 좋은 아이디어들이 나오기 때문이다. 시를 돋보이게 해주는 기묘하고, 엉뚱하고, 비범한 심상들은 스스로에게 충분히 주의를 기울일 수 있는 기회를 허락하지 않는다면, 듣지도 보지도 못할 자아의 내면 깊숙한 곳에서 나온다.

내게는 이것이 자리를 잡고 앉거나 바닥에 누운 채 내 안으로 들어가야 한다는 의미이다. 가끔은 글을 쓰기 위해 책상에 앉아서 눈을 감고 어둠을 응시하기만 해도 어떤 환영이 떠오른다. 자신에게 몽상할 시간을 허용하지 않는다면, 창조적인 과정의 커다란 부분을 잘라 버리는 셈이다.

몽상과 마찬가지로 꿈의 세계는 나의 글에 많은 영감을 제공한다. 우리가 잠을 자는 동안 잠재의식 속에서 일어나는 일들은 길들여지지 않은 불가사의다. 나는 꿈을 통해 자신에 대한 많은 정보를 얻기 때문에 꿈을 기억하려고 최선을 다한다. 늘 그렇듯 중요한 일에는 노력이 요구된다. 꿈을 일기장에 적어두거나 친구에게 이야기하곤 하는데, 그러면 기억에 더 오래 남는다. 또한 꿈에 해석을 덧붙이면 좀 더 선명하게 기억하는 데 도움이 된다. 그 생생한 설명들은 어딘가 이상한 상징들로 가득하며, 내가 쉬는 동안 마음의 후미진 곳에서 흘러나오는 내면의 진실들이다. 나는 내면에서 일어나는 일들을 들여다볼 수 있는 기회를 무시하거나 낭비할 마음이 전혀 없다. 우리의 꿈은 우리가 자기 자신을 좀 더 풍부하게 인식할 수 있도록 도와주기 때문이다.

시처럼 쓰는 연습

잠시 눈을 감고 내면 깊은 곳까지 파고들어 보자. 충분히 시간을 가진 후엔
눈을 감았을 때 떠오른 것들을 있는 그대로 써보자.

슬픔을 외면하지 말 것

정기적으로 자신에게 우는 시간을 허락하는 것은 감정을 해소하는 훌륭한 방법이다. 이러한 감정의 해소는 마음을 깨끗이 청소하여 새로움이 깃들 수 있게 해준다. 나 자신에게 정말로 모든 것을 쏟아내며 울 수 있는 시간과 장소를 허락할 때, 그 여파로 명상적인 장소에 이르게 되고, 그곳에서 종종 환영이 모습을 드러낸다.

공감 능력이 발달한 사람은 온 세상을 생생히 느끼기 때문에 감정들이 차곡차곡 쌓이면서 무거워질 수 있다. 그래서 내 것이 아닌 고통을 잔뜩 짊어진 채로 마음이 너무 무거워져 있을 때는 나만의 순수한 감정에 온전히 다가갈 수 없는 상태가 되기 쉽다. 내가 세상의 고통으로부터 나 자신을 위로하는 방법은 우는 것이다. 어떤 사람에게는 눈물을 쏟는 것이 말처럼 쉽지 않다는 것을 알지만, 그래도 마음의 벽을 깨트리려고 시도하는 것이 중요하다. 나는 감정을 편안하게 풀어놓을 수 있는 사적인 공간에 앉거나, 혹은 누워서 나의 슬픔에 문을 두드린다. 한참 눈물을 쏟아내고 나면 가끔씩 어떤 감정이나 문제에 대한 참신한 해석을 마주하게 되고, 나는 그것을 기억하기 위해 적어둔다.

눈물

우리는 눈물을 흘리도록 만들어졌다.

흘려보낼 준비가 된 두 눈,

내면의 근원에서 새어나온 소금,

슬픔을 토로하는 젖은 노래의 한 소절,

혈관에서 느껴지는 몹시 이상한 감각,

오래 묵은 무거움, 깊은 압박,

숨겨진 상처를 풀어달라고

애원하는 몸의 기능.

기쁨으로 되돌아올 가능성이 높아져서

울음이 좋은 선물처럼 다가오기를.

작은 공책들

나는 산책할 때 공책을 들고 나가듯 한밤중에 시상이 떠올라 잠에서 깰 때를 대비해 침대 옆에도 공책을 한 권 놔둔다. 또 차 안에 공책을 한 권 비치해서 갑자기 글감이 떠오를 때 차를 세우고 메모할 수 있도록 한다. 책상 서랍에도 공책을 한 권 보관하고 있다. 매일 일기를 쓰는 일기장도 갖고 있는데, 다른 공책들보다 크기가 좀 더 크다.

나는 특정한 프로젝트에 집중해야 할 때 이 작은 공책에 적힌 내용들을 살펴본다. 글을 쓰고 자료를 찾고자 책상에 앉으면 맨 먼저 전날 내가 남겼던 메모들을 훑어본다. 내가 휘갈겨 놓은 메모들은 잊고 있던 것을 상기시키는 간단한 글이든, 사유를 불러일으키는 좀 더 복잡한 글이든 모두 어떤 차원의 의미를 담고 있다. 무엇보다도 이 공책들은 내게 끝없는 영감을 제공한다. 내가 꾸준히 이런 의식을 실천하는 이상 결코 글감이 부족할 일은 없을 것이다.

누구보다 자신에게 친절할 것

창조성의 중요한 부분 중 하나는 자기 자신을 친절하게 대하는 것이다. 스스로에게 지나치게 엄격하고, 자신에게 보상을 주지 않은 채 가혹하게 대하면 글도 잘 써지지 않는다는 사실을 깨달았다. 스스로를 부드럽게 대하고 적어도 하루에 한 번 이상 자신에게 보상을 주면 훨씬 기분 좋게 책상 앞에 앉아 있을 수 있다. 보상은 어떤 형태라도 괜찮다. 컵케이크 하나, 와인 한 잔, 친구와 함께 하는 휴식 시간, 드라마 한 편, 따뜻한 목욕, 차 한 잔 등 무엇이든 당신에게 맞는 방법을 선택해 보자. 당신의 근면함을 좀 더 효과적으로 발휘할 수 있도록 자신에게 약간의 즐거움을 허락하는 것이다.

나만의 이상적인 하루 일과

내가 명료함을 찾는 방법 중 하나는 나의 '이상적인 하루 일과'를 확인하는 것이다. 이 방법을 처음 발견한 것은 사막으로 피정을 떠났을 때였다. 만약 아무 방해도 받지 않는 하루의 시간이 주어진다면 실제로 무엇을 하고 싶은지 나 자신에게 물어보았다.

이상적인 하루의 형태는 시간의 흐름에 따라 변화한다. 내 마음이 어떤 상태인지에 따라, 또는 내가 어떤 프로젝트에 전념하고 있는지에 따라 이상적인 하루 일과를 조정한다. 이상적으로는, 어떤 경계를 설정하여 내가 만족감과 성취감을 느끼기 위해 그날 하루 동안 달성해야 하는 모든 일을 효율적으로 처리할 수 있도록 돕는 것이다. 이는 자신을 돌보고, 컴퓨터 작업을 하고, 친구를 만나고, 창조적인 실습을 하는 것 등을 포함한다.

나는 이상적인 하루 일과가 마음에 흡족할 만큼 다듬어지면 그것을 책상 앞 벽에 붙여두고 일을 하면서 참조한다. 때로는 아주 고상하고, 추상적이고, 흥미로운 형태로 만들어진다. 또 어떨 때는 시간과 규칙을 구체적으로 제시할 만큼 상당히 엄격하다. 이러한 일련의 지침들이 내가 궤도를 잃지 않고 계속 나아갈 수 있도록, 독창적인 작업에 열린 태도를 유지할 수 있도록 도와준다.

이상적인 하루

일찍 일어나기, 제단에서 시간 보내기,

고독, 고요.

차 마시기, 일기 쓰기, 스트레칭하기.

야외 활동 시간, 걷기, 호흡하기, 존재하기.

촛불을 켜고 충분한 시간 동안

특정 프로젝트에 전념하기.

끼니 잘 챙겨 먹기, 물 많이 마시기.

최소 하루에 한 시간 이상 책 읽기.

자주 춤추기, 수영하기, 달리기,

자전거 타기, 돌아다니기.

뭔가 새로운 것을 공부하기,

재미있게 즐기고, 대담해지기.

한 명의 친구와 의미 있는 시간 보내기.

다시 제단에서 시간을 보내고

일찍 잠자리에 들기.

시처럼 쓰는 연습

앞 페이지의 나의 '이상적인 하루'에 대한 글을 참고해서 당신이 생각하는 이상적인 하루 일과에 대해서 자유롭게 써보자.

시처럼 쓰는 연습
: 바라는 미래에 대해 써보기

당신이 꿈꾸는 하루, 일주일, 한 해의 운세를 적어 보라. 자신의 이야기가 어떻게 펼쳐지기 바라는가? 만약 당신이 원하는 대로 이뤄질 수 있다면, 그 삶은 어떤 모습일까? 꿈에 대해 글을 쓴 다음 주목해 보라. 어떤 길들이 열려 있는가? 당신은 꿈꾸는 방향으로 나아가기 위해 어떤 노력들을 해왔는가? 무엇이 당신을 방해하는가? 꿈의 실현을 돕기 위해 어떤 시구들을 마음에 품어 왔는가?

나는 종종 이런 식으로 내 꿈을 표현하는 글을 쓴다. 내가 진짜 원하는 삶이 무엇인지 분별하고, 잠재력과 가능성에 집중하고, 그 내용들을 글로 옮긴다. 이런 실습은 언제나 나를 미래에 대한 명료함으로 이끈다. 완전히 파악하거나 확신하는 것은 아니지만, 내가 깨어 있고, 귀 기울이고 있으며, 여러 상징과 신호를 통해 올바른 길로 가고 있다는 증거를 발견하는 것이다. 내게 열려 있는 길에 주목한다면, 저항감과 막연함을 덜 느끼면서 앞으로 걸어갈 수 있다.

미래

나는 내 미래가 뚜렷이 보이지 않는다.
색채와 빛의 얇은 막에 가려져 있다.
나무 바닥 집, 부모의 죽음, 개,
고양이, 연인이 언뜻 비칠지도 모르지만,
확실한 것은 아무것도 없다.
나는 내 미래에 낀 안개를 좋아한다.
필연적으로 어떤 일은 일어날 것이고,
내가 계속 숨 쉰다면 조각들은
제자리를 찾아갈 것이다.
그리고 나는 먹고, 일하고, 배울 것이고,
알게 될 것이며 또 잊어버릴 것이다.

그곳에는 소복한 산딸기 한 그릇, 뜨거운 차 한 잔,

또 다른 여행과 슬픔이 있을 것이다.

깨끗한 바지 한 벌, 기분 좋은 햇살,

상처와 피, 파야 할 구멍 하나, 즐겨야 할 목욕,

수정해야 할 실수 하나가 더 있을 것이다.

우리 앞에 놓인 것은 그림자에 가린 약속이며,

다음 순간 따라붙는 일 초이다.

나는 그것을 이름으로 부를 필요가 없다.

연이은 수수께끼이자, 추측의 노래다.

그 길은 무한한 가능성과 끝없는 경외감으로

만들어진 돌이 하나씩 하나씩

저절로 이어질 뿐이다.

시처럼 쓰는 연습

최근에 당신의 삶에 명료함이나 홀가분함을 가져다줬던 경험이나 새로운 기
회라고 느껴지는 신호들이 있다면 기록하고 기억해 두자.

시적 사고방식을 위한 TIP
: 명료함을 불러오는 마음가짐

　나는 우리의 혼란스러운 생각들을 투명하고 시적인 생각들로 채우는 과정을 통해 삶의 명료함을 불러낼 수 있다고 믿는다. 일이 잘 풀리지 않고 마음이 힘들 때, 혼자 이런 말을 되새기곤 한다.

> 모든 것은 마땅히 이뤄져야 하는 대로
> 정확히 이뤄지고 있다.

　어떻게 그렇지 않을 수 있겠는가? 이것이 우리 모두가 살고 있는 인생이다. 원래 다 그런 것이다. 따라서 모든 것이 길을 잃고 잘못된 방향으로 흘러가는 것처럼 보일 때 자기 자신이 충분히 잘 하고 있으며, 원하는 곳에 도달하기 위해 자신이 할 수 있는 모든 일을 다 하고 있음을 상기시켜 주는 것이 중요하다. 만약 당신이 원하는 곳에 도달하지 못했더라도, 그곳으로 가는 방법을 배우면 된다. 당신은 그곳에 이르는 데 필요한 도구들을 이미 다 가지고 있다.

글쓰기 리추얼 만드는 법

그리고 진정으로 시적이 된다는 것은

삶에서 도망친다는 뜻이 아니라,

신성한 힘과 중대한 의의를 지닌 삶으로 나아간다는 뜻이다.

_프랭크 로이드 라이트

당신은 글을 전혀 쓰지 않는 시인이 될 수도 있고, 자신이 공들여 만든 작품을 다른 사람의 시선이 닿지 않는 일기장에만 간직한 채 혼자 즐기는 비밀의 시인이 될 수도 있다. 시인이 되기 위해 자신을 시인이라고 지칭해야만 하는 것은 아니다. 자신의 감정에 이름을 붙이고, 그 감정을 처리하는 개인적인 여정이 될 수도 있다.

하지만 당신은 자신의 시적인 부분을 사랑할 권한, 자기 내면의 시적인 조각이 언어가 되어 나올 수 있도록 작업할 권한, 자신의 소용돌이치는 아이디어들을 한데 그러모아 이해할 수 있는 언어로 표현할 권한이 있다.

꾸준한 글쓰기를 위한 연습

인생 시인 찾기

당신이 개인적으로 알고 있는 시인이 있는가? 어쩌면 좋아하는 시인의 작품을 너무 많이 읽어서 그가 친구처럼 느껴질 수도 있다. 반복되는 일상 속에서 마법을 일깨워 주는 사람, 어려운 질문들을 던지고 매혹적이고 독창적인 방식으로 질문에 대답하는 사람, 이 모든 것을 반드시 글로 쓰는 사람, 그런 사람들을 당신의 멘토로 삼아라. 가능하다면 그들을 만날 수 있는 자리에 가서 그들의 작업방식을 묻고 그들의 작품에 지지를 보내라. 독자와 작가는 감상과 격려를 주고받는 순환적인 관계 속에서 서로를 필요로 한다.

시 읽기

당신이 시를 쓰기 원한다면 많은 시를 읽어야 한다. 아무도 없을 때 혼자 소리 내어 읽거나, 당신의 친구, 연인, 엄마, 강아지에게 읽어주어라. 버스에서, 침대에서, 숲속에서, 욕조 안에서, 한밤중에도 시를 읽어라. 하루도 빠짐없이 시를 읽을 필요가 있다. 하루에 단 한 편이라도 읽어야 한다. 동네 서점이나 도서관을 둘러보며 시집을 고르고 책장을 휙휙 넘겨 보라. 가장 마음에 드는 시인, 가장 마음을 사로잡는 목소리를 찾고 그 작가가 쓴 작품을 섭렵하라. 그가 어떤 작가에게 영향을 받았는지 알아내고, 끝없이 이어지는 언어의 계보를 즐거운 마음으로 따라가라.

시를 읽을 때 작품의 의미에 집착하지 말고
그냥 당신에게 말을 걸어오는 부분을 즐기라.

어린 시절 우리 엄마는 시를 이해하지 못한다고 했다. 나는 엄마에게 내 시의 단어 하나하나를 모두 이해하려는 생각을 버리라고 말했다. 엄마의 마음을 건드리는 구절이 있었는지? 마음에 드는 단어가 있었는지? 시구의 어떤 부분이 감정의 동요를 일으켰는지? 엄마가 내 질문들에 대답했을 때 나는 이렇게 말했다.

"맞아요, 바로 그거예요. 엄마는 제대로 이해했어요. 그게 바로 그 시가 말하는 내용이에요!"

엄마는 내 얘기를 듣고 해방감을 느꼈고, 드디어 시 속에서 즐거움을 찾을 수 있었다. 시 속에서 무엇이든 당신에게 와 닿는 것을 고르고, 그것으로 충분하다는 사실을 기억하기를 바란다. 일단 시인이 자신의 작품을 출판하여 세상에 내놓고 나면, 그 작품은 독자들의 것이고, 우리는 그 작품을 자신이 이해하는 방식대로 받아들이면 된다.

중요한 것은 우리가 시를 충분히 자주 소비해서
우리가 세상을 해석하는 방식에
깊이 스며들도록 하는 것이다.

일기장에 글쓰기

컴퓨터로만 글을 쓰지 말고, 일기장에 글을 써볼 필요가 있다. 연필이나 잉크로 종이 위에 직접 쓰는 손 글씨에는 영감을 불러내는 마력이 있다. 일기장은 복잡하게 얽힌 생각들과 아이디어들이 머무는 어수선하고 사적인 공간이며, 나는 수시로 그곳을 방문한다. 또한 나를 격려하는 공간이기도 하다. 나 자신을 바로 세우고, 내면의 목소리를 지지하고, 내게 지면을 연이어 채워나갈 수 있는 야성적인 능력이 있으며 무엇도 쏟아져 나오는 글을 방해할 수 없다는 사실을 스스로 상기하는 공간이다. 내 일기장 속의 모든 글은 나 자신을, 나의 목표를, 나의 필요를 깊이 이해할 수 있는 열쇠를 갖고 있다. 내 일기는 어떤 형식에 구애받지 않기 때문에 정신없어 보일 수도 있지만 귀중한 소재를 발굴할 수 있는 보물창고 같은 곳이다.

나는 내 일기를 다시 읽어보고, "그래, 이것에 대해서 좀 더 써보자, 이 내용으로 돌아가서 유심히 생각해 보자, 더 깊이 들어가 보자, 이 감정, 또는 이 사건에 좀 더 머물러보자."라고 스스로 표시해 둔 부분에서 나만의 방향을 찾아가는 과정을 무척 좋아한다.

당신의 일기는 오직 당신을 위한 것이다. 일기는 당신의 분출구이자, 기도이자, 당신 손으로 직접 표현한 고통과 환희의 기록이다. 일기를 당신의 글쓰기 의식에 포함시키는 것이 얼마나 중요한지는 아무리 강조해도 지나치지 않다.

나는 무늬 없는 흰 종이에 글을 쓰는 것을 좋아한다.

줄이나 경계선이 없는 종이에 글을 쓸 때

아이디어를 자유롭게 펼치기가

좀 더 쉽다는 사실을 깨달았다.

시처럼 쓰는 연습
: 글쓰기 리추얼 만들기

당신은 매일 글을 써야 한다. 항상 시를 쓸 필요는 없지만 어떤 형태의 자유로운 글이라도 꾸준히 써서 당신의 근육을 길들이고, 도구들을 예리하게 연마하고, 기술이 녹슬지 않게 유지해야 한다.

자유로운 글쓰기를 위해 무엇이든 적어보라. 영감을 주는 것들, 자동차로 출근하는 길에 봤던 장면들, 우연히 듣게 된 멋진 말들에 대해 써보라. 실습을 시작하고 꾸준히 지속하라. 당신이 손 글씨로 직접 쓴 아이디어들과 비밀스러운 표현들로 공책을 가득 채우라. 5분간 타이머를 설정해 놓고 제일 먼저 보이는 대상, 혹은 제일 먼저 떠오르는 이미지에 대해 글을 써보자. 한 문장을 쓴 뒤에 갑자기 다른 내용에 대해 쓰기 시작해도 상관없다. 그냥 계속 쓰라. 말이 되게 써야 한다고 걱정하지 마라. 이 실습은 당신이 펜을 잡게 하고, 당신의 글쓰기 두뇌를 깨우기 위한 수단일 뿐이다.

매일 책상에 앉아 글을 쓸 수 있는 시간을 만들어야 한다. 반드시 긴 시간일 필요는 없고, 출근하기 전 아침에 10분, 혹은 밤에 잠들기 전에 잠깐 시간을 내는 것도 괜찮다. 나는 특정한 프로젝트를 위한 작업을 할 때 산만해지지 않기 위해 책상 위에 촛불을 켜두는 것을 좋아한다. 또 일하는 시간을 정해 놓고 그 시간 동안은 핸드폰을 꺼둔다. 한밤중에 아이디어가 떠올라 잠에서 깨면 불을 켜고 메모해 둔다. 뮤즈는 누구도 기다려주지 않기 때문에 즉시 받아 적어야 한다.

시처럼 쓰는 연습

어느 장소에서 글을 쓸지, 어떤 시간에 글을 쓰고 싶은지, 글을 쓰기 전에 촛불을 켜두는 것이 좋은지, 어떤 음악을 틀어두고 싶은지, 당신의 글쓰기 리추얼을 만들기 위한 자신과의 약속을 이 책에 적어 보자.

시적 사고방식을 위한 TIP
: 결과물에 대해 염려하지 말 것

　글을 쓸 때 반드시 시가 되기를 바라면서 쓸 필요는 없다. 내가 하루를 살아가는 동안 셀 수 없이 많은 시가 내 몸을 지난다. 때로 그 시들은 언어로 나타나지 않고, 찰나의 경외감으로 스쳐 지나가기도 한다. 가끔 완전한 시의 구절로 나타날 때도 있지만 이러한 순간은 자주 찾아오지 않는다. 일반적으로 글을 쓰는 횟수보다는 글을 쓰는 동안 느끼는 감정이 더 중요하다. 그래서 나는 글쓰기가 일처럼 느껴질 때면 잠시 책상을 떠나 그 느낌을 떨쳐내려 한다.

　　시적 목소리는 타인과 나누는 대화나,

　　혼자만의 사색의 영역에서 연습할 수 있는

어떤 사고방식에 가깝다.

나는 때때로 살아 있다는 것은 결과물에 관한 것이 아니라는 사실을 되새긴다. 내 삶의 나날은 가시적인 결과물로 인해 거룩해지는 것이 아니다. 삶은 깨달음과 감사가 뒤범벅되어 의미를 얻는다.

만약 우리가 모든 것을 시로 대한다면, 모든 것이 중요하고, 신성하고, 강력하고, 의미를 지닐 수 있는 가능성이 생긴다.

우리는 시를 쓰기 위한
도구들을 가지고 있다

사람들은 항상 내가 어떻게 창조성의 문을 두드리는지, 어떻게 창조성이 계속 찾아오게 만드는지, 어떻게 그만한 깊이의 글을, 꾸준하게, 그렇게 빨리 쓸 수 있는지 묻는다. 그것에는 한 가지 마법이 있다. 내가 작은 소녀였을 때부터 내 안에 흐르며, 내 영혼을 깨우는, 알려지지 않는 비법이 있다.

　창조적인 작가, 표현하고 영감을 주는 사람으로 살아가면서 한 가지 진리를 깨달았다. 경외감을 느끼고, 오감이 열려 있는 상태를 유지하고, 세계와 시적인 방식으로 교류하기 위해서는 노력이 필요하다.
　나는 항상 시 쓰기를 연습하고, 시를 위한 명상의 시간을 남겨두며, 산책하면서 곰곰이 생각하기로 선택하고, 꿈속의 시를 받아 적기 위해 새벽 3시에 침대에서 일어나

기로 결심했다. 영감은 헌신을 요구한다. 이것이 내가 할 수 있는 최고의 조언이다. 그저 자신의 노력을 기리고, 이 노력은 끝이 없음을 받아들여라. 그리고 삶 속에서 경이로움을 발견해내는 과정을 즐겨라.

시인으로서 나의 여정에 영감을 주고 지지를 보내준 모든 친구들과 소중한 사람들에게 감사의 마음을 전한다. 내 삶에 그대들의 존재가 없었다면 나는 이 일을 해낼 수 없었을 것이다. 무엇보다 동시대를 살고 있든, 이미 세상을 떠났든, 시집을 정식으로 출판했든, 그렇지 못했든 우리 모두를 위해 깊이를 파고들고 어둠을 번역해 온 모든 시인들에게 감사한다.

우리는 이미 시를 쓰기 위한 도구들을 모두 가지고 있다. 모든 것이 선물이다. 이 일에 마음을 다한다면 삶 속 내밀한 이야기들이 당신에게 멈추지 않고 흘러들 것이다.

옮긴이 지소강

경희대학교 환경조경디자인학과 졸업, 홍익대학교 예술기획 석사. 글밥아카데미 수료 후 바른번역 소속 번역가로 활동하고 있다. 옮긴 책으로는 『사랑, 집착, 매혹』(공역), 『승자는 아무것도 얻지 못한다』, 『어떻게 그릴 것인가1』 등이 있다. 한국 토박이가 서른 살 이후 호주와 영국에서 생활하며 매일 문화적 틈을 경험하고 있다. 생활 속 경험을 녹여 내 언어 이면의 문화와 정서까지 전달하는 번역을 하고자 고군분투 중이다.

시처럼 쓰는 법

초판 1쇄 발행 2021년 5월 10일
초판 2쇄 발행 2023년 11월 20일

지은이 재클린 서스킨 **옮긴이** 지소강
펴낸이 김종길 **펴낸 곳** 글담출판사 **브랜드** 인디고

기획편집 이경숙 · 김보라 **영업** 성홍진
디자인 손소정 **마케팅** 김지수 **관리** 이현정

출판등록 1998년 12월 30일 제2013-000314호
주소 (04029) 서울시 마포구 월드컵로8길 41 (서교동 483-9)
전화 (02) 998-7030 **팩스** (02) 998-7924
블로그 blog.naver.com/geuldam4u **이메일** geuldam4u@naver.com

ISBN 979-11-5935-085-6 (03840)

만든 사람들 ─────────
책임편집 이은지 **디자인** 엄재선 **교정교열** 윤혜숙

글담출판에서는 참신한 발상, 따뜻한 시선을 가진 원고를 기다리고 있습니다. 원고는 글담출판 블로그와 이메일을 이용해 보내주세요. 여러분의 소중한 경험과 지식을 나누세요.